俄耳甫斯诗译丛

Белла Ахмадулина

Поступок розы

贝拉·阿赫玛杜琳娜

Белла Ахмадулина

1937—2010

俄罗斯 20 世纪后半叶重要诗人、翻译家，美国艺术文学院荣誉院士，曾出演电影。1989年，获苏联国家奖。2004 年，获俄罗斯联邦国家奖。

阿赫玛杜琳娜是别具一格的抒情系统和诗歌语言的创造者。她的诗具有精致的语体、独特的调性和形象思维的深度，对周遭声音和色彩极为敏感。她始终以个人生活为艺术创作的基础，作品带有突出的自传特征和鲜明的生活印迹。

布罗茨基曾感叹道：“人们不该忌妒在本世纪的俄罗斯写诗的女性，因为在每个拿起笔的人头上，都笼罩着两个巨人——玛丽娜·茨维塔耶娃和安娜·阿赫玛托娃。”阿赫玛杜琳娜罕见地打破了这一禁忌，她的创作不仅与“白银时代”文学传统相接续，而且彰显着丰沛自足的现代意味。

时代的光影、日常的琐屑、种种事件和情绪、心灵与理智的冲突，它们在阿赫玛杜琳娜独有的崇高诗歌宇宙中被重新锻造、形塑，重新获得血肉与灵性，其中充满对自我的省思，对世人的信任与善意。

作为“莫斯科院落的儿女”，阿赫玛杜琳娜被誉为“俄罗斯诗歌的珍宝”，是“俄罗斯诗歌中莱蒙托夫—帕斯捷尔纳克脉络的继承者”。

玫瑰的行为：阿赫玛杜琳娜诗选

［俄罗斯］贝拉·阿赫玛杜琳娜 著
王嘎 译

译林出版社

俄耳甫斯队列

凌 越

在古希腊神话里，有关俄耳甫斯不多的表述，构成了一个极为复杂的诗人形象。这个形象是后世诗人的隐喻，也可以说是某种意义上的谶语。首先，作为河神奥阿格罗斯和缪斯卡莉俄佩的儿子，俄耳甫斯自然是典范的诗人，他的歌声如此动听，以至于可以使树木弯枝，顽石移步，野兽俯首，波浪平息。奥维德在《变形记》中这样描述俄耳甫斯：

> 就是说歌手牵来了这样一个小树林，他坐在
> 中间，被野兽和荒地围绕着，被一群群鸟儿。[1]

---

1 里尔克，《致俄耳甫斯的十四行诗》，林克译。重庆：重庆大学出版社，2015 年，第 129 页。

这是诗歌特有的蛊惑力的形象化处理，诗人依靠自身的凡人之躯，利用自己的歌声（词语）掌握了神奇的力量，在接通词语感应器的某个瞬间，诗人仿佛就是神祇的化身，他是一瞬间的通灵者，他是电光石火间那张智者的面容。

为了凸显俄耳甫斯所掌握的神奇伟力，一种悲剧性的力量一直与其如影随形。在那幅万兽温顺地聆听俄耳甫斯歌唱的宁静画面之后，是其妻欧律狄克被蛇咬伤致死。为了挽回妻子的生命，俄耳甫斯下到地府，以自己的歌声驯服了守护冥界出口的恶狗刻耳柏洛斯，使复仇女神流出眼泪，使冥界王后珀耳塞福涅深受感动。于是，他们准许俄耳甫斯把妻子带回人间，但前提是在走出冥界前，他不能回头看他的妻子，也不能和她说话。

如果故事到此为止，那是诗人和词语完胜死亡和宿命的画面，但那无疑是一种轻佻的胜利，它来得太过轻易而让人生出疑窦。的确，上天不会轻易放过诗人，所有人凭直觉就可以猜测到坎坷的命运还等在后面，警觉的鹰犬埋伏在人生的每一条岔道里伺机而动。

因为长久的寂静所形成的压迫感，因为歌声被封锁在语言的棺椁里，俄耳甫斯终于回过头来，立刻置自己最心爱的人于万劫不复的境地。这是他放弃语言带来的最深重的惩罚，可悖论是，这恰恰也是他必须遵守的契约。在此，诗人的形象越发清晰了，他勇猛睿智，手握语言的利器，似乎无往而不利，但语言本身的复杂，它强大的后坐力往往将诗人置于极为被动的境地。在更长远的视角里，在时间魔术师众多的玩偶里，诗人不得不是那个面对惨景的哀泣者——为死亡，为命运的无常，而之前他所拥有的美妙歌声竟然只是为了镂刻出此刻的悲戚。

悲剧仍在继续，俄耳甫斯因为拒绝参加狂欢秘祭激怒了酒神狂女迈那德斯，而被那些女祭司撕成碎片，但即便如此，俄耳甫斯死后，他被砍掉的头颅仍然在歌唱，而他的古琴也在继续鸣响——也许这浸染着血腥、死亡、悲愤、勇气和骄傲的声音，正是后世一代又一代诗人飞蛾扑火般投入词语队列里的原因吧。以无惧死亡的勇气，去获取平息万物躁动的美妙乐音，这是所有诗人共同的愿景；从这里，他们有望获得俄耳甫斯以死亡练就的语言炼金术，并借由语言而获得永生。

我们将这套酝酿多年的外国诗歌译丛，谨慎地命名为“俄耳甫斯诗译丛”，正是因为俄耳甫斯这个经典诗人形象所蕴含的复杂况味，这个集技艺、勇气、痛苦和不屈于一身的诗人，恰恰是我们这个译丛渴望获得的品质。在第一辑推出霍夫曼斯塔尔、布莱希特、勒内·夏尔、翁加雷蒂、安德拉德这几位杰出的西方诗人之后，构成第二辑的依旧是一组可以坦然归属于俄耳甫斯队列的名字——桑德堡、维多夫罗、尤若夫·阿蒂拉、塞克斯顿、阿赫玛杜琳娜和安妮·卡森。我想珀耳塞福涅会继续为他们精彩的诗句动容，而欧律狄克的苏醒则是所有后来的书写活动所指向的唯一目标。

这个以俄耳甫斯为首的队列，将同时照亮天堂和地府，将使“廊柱震颤不已”[1]，而你所能做的“就是为它们创造聆听之神庙”[2]。让我们像动物那样俯下身来，去倾听那闪光的词语从诗人嘴里所发出的声音。

---

1 里尔克，《致俄耳甫斯的十四行诗》，林克译。重庆：重庆大学出版社，2015年，第6页。

2 同上。

目 录

为什么是俄罗斯诗人？

约瑟夫·布罗茨基

诗是一种边界的艺术，没有人比俄罗斯诗人更了解这一点。节律、韵脚、民间创作传统、古典遗产，以及诗律学本身——凡此种种都强烈地阻碍人的“歌唱冲动”，而出路只有两种：要么试着突破这些障碍，要么爱上它们。第二种选择更为谦逊，或许也更难避免。阿赫玛杜琳娜的诗是一场与边界的长期爱恋，而它也结出了一颗丰硕的果实。或者更确切地说，一朵完美的花，一朵玫瑰。

我指的不是香气或颜色，而是花瓣的厚度及其螺旋状的、连续的（enjambed[1]）运动。阿赫玛杜琳娜的诗不

1 “enjambed”一词或与诗学术语“enjambment”（跨行连接）有关，指诗行的末尾在句法上并不完整，一个诗句要跨越两行乃至多行才完成。——全文若无特殊说明，均为译者注。

是她围绕中心主题构建的，而是编织的。只消四行甚或更少，诗便几乎自行从词的语音和暗示能力中绽放出来。她的意象不仅源于视觉，也源于声音，而后者的影响力有时比她所预期的还要大。换句话说，她的诗的抒情风格在很大程度上就是俄语本身的抒情风格。

一个好诗人总是语言的工具，而非反之。这仅仅是因为后者比前者古老。难以想象存在于俄语诗律学之外的阿赫玛杜琳娜诗歌人格，这不仅是因为其语音结构的语义独特性（例如她经常使用的“улыбка/улика”［微笑/证据］韵脚，它的重要性被其谐音特质加强），更因为她朗诵中相当明显的那种传统俄罗斯民间哀歌的特定语调，那种低声哀鸣。但这差不多已是阿赫玛杜琳娜所能达到的最女性化的程度了。

要问我为何不把阿赫玛杜琳娜的诗称为男性诗，那不是因为担心有太多拥护女性解放的人士可能会愤怒，而是因为诗嘲笑形容词。女性诗、男性诗、黑人诗、白人诗——这都是无稽之谈：要么是诗，要么不是。形容词通常用来掩盖弱点。相反，与其用任何形容词，还不如直接说阿赫玛杜琳娜是一位远胜于她的两位著名同胞（叶夫图申科先生和沃兹涅先斯基先生）的诗人。她的诗句不像前者那样老生常谈，也不像后者那样自命不凡。但她真正优于这两位的，是其诗的主题和处理方式。然而，这并非赞美一位俄罗斯诗人的最好方式，至少在本世纪不是。

就像那朵玫瑰，阿赫玛杜琳娜的艺术在很大程度上是内向、向心的。然而，尽管这种内向性可能是自然的，但在她所生活的国家，这也是种道德上的生存工具包；必须如此频繁地依赖这个工具包，以至于有成瘾的风险，或者更糟糕的是，某一天发现它已经空了。阿赫玛杜琳娜完全意识到这一危险，尤其因为她创作时遵循严格的韵律，而这种韵律本身就会产生某种写作的自动化和单调感。冒着听起来重复的风险继续写作，或是停止写作——在两个可能的选择之中，她更多地（且可以理解地）选择了前者；于是读者会看到类似《雨的童话》（Сказки о дожде）或《我的家谱》（Моя родословная）这样的作品。然而，有时会有枯竭期，它会抑制语言的通胀。

作为俄罗斯诗歌中莱蒙托夫 - 帕斯捷尔纳克脉络的一位明显继承者，阿赫玛杜琳娜自然是个相当自恋的诗人。但她的自恋首先表现在她的选词和句法上（后者在英语这样一种缺乏屈折变化的语言中是难以想象的)，采取某种自我愉悦的姿态只是其次——尤其不是公民姿态。不过当她确实表现出正义感时，她蔑视的对象通常是道德上的懒散、不诚实和糟糕趣味，而这立即表明其对手无所不在。这种批评表面上是安全的，因为诗人可谓先验地正确：因为诗人总是“好过”非诗人。不过，如今俄罗斯读者对心理上的指责比对政治上的指责更为敏感，因为他们厌烦地认为后者只不过是官方立场的背面。这种态度中存在一定程度的犬儒：但如果诗人承认其存在，而不是为了浪漫音调就忽视它，这自然更好。

怀着这种认知，人肯定会发现自己身处建制之列，尤其在现代俄罗斯，知识精英与党政精英别无二致，他们的生活水平都远在其他国民之上。君王和反贼晚上光临同一座歌剧院，这种情况对任何体面的政权而言都相当典型；对此更容易责备其他人，而非阿赫玛杜琳娜，因为她从不渴望获得“反叛者”的名声。令人悲哀的是，无论正义还是不义，其胜利都有着一模一样的表现形式——私人汽车、乡间别墅和政府资助的海外旅行。

在我写作本文时，阿赫玛杜琳娜小姐正与她的第四任丈夫、舞台设计师鲍里斯·梅塞勒（Борис Мессерер）一起在美国巡演。然而，与她的那些著名前辈不同，她不是为出口而生产的商品，不是鱼子酱——苏联出口与其说是黑鱼子酱，毋宁说是赤色的[1]；此外，她的诗的英译文要差得多（说实话，糟透了）。

阿赫玛杜琳娜小姐是个绝对真诚的诗人，但她所生活的王国却迫使人掌握一种艺术，要把自己的身份用各种晦涩的从句掩盖，为达到该目的，这种身份自动就缩小了。然而，尽管都带有扭曲成分，其抒情女主人公的向心收缩还是好过她许多同僚的离心胡言，至少是因为前者制造了语言和形象方面更高程度的紧凑，而后者则导致了一发不可收拾的冗长和政治卖淫。这本质上是种男性行为。

贝拉·阿赫玛杜琳娜出生在俄罗斯民族历史上最黑暗的一年，1937 年；这一点本身就证明了俄罗斯文化强大的生命力：她的童年与第二次世界大战重合，她的青年时代则恰逢战后的匮乏，以及斯大林主政时期。俄罗斯人很

1 黑鱼子酱非常昂贵、珍稀，红鱼子酱则更为常见。通常前者用于出口。——译者注

少看心理医生；于是她在50年代初上学时开始写诗。她迅速成熟，并毫发无损地经受了高尔基文学院的考验，因为那所学校经常把夜莺变成鹦鹉。她的第一本书于1962年出版，然后迅速从书店货架上消失。从那时起，她主要靠翻译格鲁吉亚诗歌为生（高加索各共和国之于俄罗斯作家，大致类似于墨西哥或巴西之于美国作家），也当自由撰稿人或评论家。她甚至出演过一次电影。她过着正常生活，结婚、离婚、生育、友谊、失落、南方之旅。此外她写诗，并将她完全传统的四行诗与她意象中的一种绝对超现实辩证法融合，这使得她能够，打个比方，把自己感冒时的颤抖抬升到宇宙失序的高度。

在一个荒诞剧场和观众角色互换的国家（舞台上是百分百的现实主义，至于观众席上嘛……），这种感知方式获得了大量共鸣。然而，人们不该忌妒在本世纪的俄罗斯写诗的女性，因为在每个拿起笔的人头上，都笼罩着两个巨人——玛丽娜·茨维塔耶娃和安娜·阿赫玛托娃。阿赫玛杜琳娜小姐坦承这两位对她的影响使自己近乎瘫痪，并向她们宣誓效忠。在这些告解和宣誓中，很容易读出阿赫玛杜琳娜对最终能平起平坐的渴望。但实现这种平起平坐的代价太高，以至于人们会希望阿赫玛杜琳娜小姐永远无法付出这样的代价。关于艺术要求牺牲的说法虽属陈词滥调，其中仍有相当的道理，而且几乎没有证据表明，就艺术的残酷性而言，这个时代比阿赫玛杜琳娜出生的时代要逊色。

靡绪洋 译

玫瑰的行为：
阿赫玛杜琳娜诗选
Поступок розы

肖邦的玛祖卡

我们落入何等境地，
此时又多么幸运，
仅仅一张转动的唱片
就使我们彼此离分！

起初它像一条游蛇
咝咝作响，挤出石缝，
随后是更清晰的响动
勾勒出肖邦的身影。

它一边急速地旋转，
一边预言：当祸难来临
这场环舞就会消散，
如同水面上的涟漪。

玛祖卡姑娘站在一旁
轻轻地摇了摇头，
她像一只纤薄的量杯
盛满淡蓝色的水。

这位肩膀瘦削的姑娘
面带波兰人的苍白，
她如何看穿了我的愁伤
独自将它们承担？

只见她伸出双手
将这些声音收拢在
被唱针划伤的杯中，
消失在远方。

1958年

“古朴的文体将我吸引”

古朴的文体将我吸引。
古老的语言魅力十足。
它的意蕴比我们的话语
更现代，也更浓郁。

冲动而又慷慨的吼声：
“半个王国换一匹马！”[1]
但我也会有同样的命运，
徒劳地耗尽最后的激情。

我终将从黑暗中苏醒，
永远输掉一场战斗！

---

1 出自莎士比亚历史剧《查理三世》中查理三世的经典台词，原话是“用我的王国换一匹马”。

而那古代狂人的决定
会从我的心头浮现。

哦，半个王国与我何干！
时代教训之下的产儿，
我要牵起马，用一匹马
换取与恋人相伴的半个

瞬间。哦，上帝与你同在，
我的马，我的马，炽烈的马。
我松开你的缰绳而无须报答
——就让可亲的畜群

任由你驾驭，听从你驱遣，
在空阔的棕红色草原。
可是胜利与失败的喧嚣
已经令人厌倦。

我怜惜马儿！我怜惜爱情！
唯有马蹄铁遗留的印记
以中世纪的风格
沉陷在我脚底。

1959年

轻骑摩托车

哦，玫瑰色的轻骑摩托车，
我渴望你车轮的飞驰！
初夏时节目送你的行驶
我忍不住流下莫名的泪水。

一个女孩紧紧贴向车手
面带兴奋和死亡的笑容，
我感觉她就像一只蜗牛
弓起腰身，伏在叶片上蠕动。

别了！你的路从我头顶越过，
隐没在绿盈盈的远方。
两道彩虹，两片天空，两团火，
无耻的女孩，在你双膝间燃烧。

透过雨衣，你的身体闪耀，
似纤细的茎秆透过玻璃和水。
忽然间，一声怪异的哭叫
从我内心迸出，落向自由。

你细弱的嗓音就这样歌唱，
旋律简单，却经久不息。
可是你看，你快乐的飞驰
凭借我的静止才保持平衡。

随后你晃晃悠悠升向高处，
头晕目眩也不顾险情，
而我从路面上转过身，
开始反方向的运动。

当寂静降临在我身旁，
你的喧声从远处水洼回荡。
当我的步履变得沉重，
你张开一双绿色的翅膀。

就这样疾驰！——当我站立。

就这样絮语！——当我沉默。

我要用自己的沉重

换取你尘世间的轻盈。

1959年

你的房子

你的房子，不识愁滋味，
它迎接我，亲吻我脸颊。
仿佛透出水面的鱼，
透过玻璃，茶具清晰可见。

忽然一条狗向我扑过来，
嚎叫着，像瘦小的寒鸦。
全副武装的仙人掌
毫无防备地耸立在窗口。

我像一名冻僵的代表
来自尘世间的凌乱。
房子望着我的眼睛
善良可亲，彬彬有礼。

它没有让我意识到羞耻，
也没有暴露自己的意图。
房子向我发誓，它从未
见过我这个女人。

它说：我空虚。空荡荡。
我说：是有一点。一点点。
它说：那好吧。好吧。
请进来并忘记这一点。

哦，起初我是多么害怕
发现头巾或别的标志，
但房子重复自己的话语，
将各样物件重新安置。

它清除了她的痕迹。
哦，它伪装得多么巧妙，
似乎这里未曾落下泪水，
未曾有撑起肘臂的沉思。

宛若一股细润的水浪
将一切冲刷殆尽：鞋印
一整套闲置的餐具
手套上脱落的扣子。

它们相互约定：狗忘记了
曾经跟谁游戏，小铁钉
不知道谁把它钉在这里，
只好给我一个模糊的回答。

一面面镜子同样是空的，
像一阵雪花飘落又融化。
花儿也想不起来是谁
把它们插进水晶花瓶。

哦，别人的房子！迷人的房子！
再见了！我有个小小的请求：

不要如此善良。不要这般好心。

不要用一场骗局安慰我。

1959年

红绿灯

给根纳季·哈扎诺夫[1]

红绿灯。我在它们前面
停下车，向后退去。
红绿灯。这奇怪的词。
红绿灯。斯维亚托斯拉夫。斯维托扎尔。[2]

红绿灯善良如斯拉夫人。
灯影投射在我脸上，
用一束光，如同用语言
恳求说："等一等，先别慌。"

---

1 即根纳季·维克托罗维奇·哈扎诺夫（1945— ），舞台表演艺术家。正文处省略了中间名，脚注为全名，下同。

2 此行中三个名词的读音较相近。其中，"斯维亚托斯拉夫"（Святослав）和"斯维托扎尔"（Светозар）均为古斯拉夫人名。

我感谢它们混合了
这两种不同颜色的光，
我的身上却混合着
这两种不同颜色的血。

哦，争论始终针锋相对，
哦，始终在回响和聚集：
这斯拉夫人善良的理性
和亚细亚倾斜的压力。

出路或许在于运动，在于运动。
在俯向方向盘的头部，
在道路边缘
无所顾忌的晕眩中。

于是我靠在座椅上，
自言自语："等着吧。"
我把自己彻底交给
这行进的速度。

1959年

“年复一年，从我的街边”

年复一年，从我的街边
脚步声响起——朋友们离去。
他们缓缓别离的身影
与窗外的幽暗交织在一起。

他们荒废了事业，屋子里
没有音乐，没有歌唱，
只有德加[1]的女孩一如既往
梳理着浅蓝色的羽毛。

好吧，那好吧，在这夜色中
但愿恐惧不要将你们惊醒。
我的朋友，神秘的背叛的
激情，模糊了你们的眼睛。

---

1 即埃德加·德加（1834—1917），法国印象派画家。

哦，孤独，你是多么强硬！
你像铁质的圆规闪烁微光，
你如此冷冰，将圆形闭合，
对无谓的告白置之不理。

那就请你召唤并奖赏我！
我是你柔情骄纵的宠儿，
我从你怀抱中得到安慰，
用你蔚蓝的寒意清洗自己。

让我踮起脚走在你的树林，
当放慢的步履停息之际，
捡拾一片树叶，贴向脸颊，
像感受幸福那样感受孤寂。

请赐予我你的图书馆的静谧，
你的音乐会的严整旋律，
而我是明智的——我会忘记
那些死去或依然活着的人。

我会探究智慧和哀愁，
事物向我交托隐含的意义，
大自然也将依偎在我肩头，
道出它童年的秘密。

直到那时，透过泪水和幽暗，
透过往日可怜的无知，
我的朋友们美好的形象
才会重现，又再次消逝。

1959年

格鲁吉亚之梦

格鲁吉亚之梦——多么欢欣！
凌晨时分，葡萄的甘甜
如此纯净，
包裹着嘴唇。
我没有遗憾，
也别无所求——
只要在金色的生命之柱教堂[1]
摆放一支清贫的蜡烛，
向姆茨赫塔的石子路
致以赞美和敬意。
上帝，但愿这一切
永远像今天。
但愿故土的严寒

1 此处为意译，全称为“斯维特 - 特斯克维里教堂”，格鲁吉亚境内最古老的教堂之一，位于第比利斯附近的姆茨赫塔古城，传说这里是耶稣袍子在高加索的埋葬地。

异乡的温存
始终对我不失新意，
向我施以魔力。

1960年

蜡烛

给根纳季·什帕里科夫[1]

只要有一支蜡烛——
普通的浅黄色蜡烛，
脑海里就会浮现
岁月的沧桑古朴。

只要你匆匆拿起笔
写下智慧且艰深
华美又婉转的语句，
善就会俯瞰灵魂。

以某种古老的方式
你频繁地思念友人，

1 根纳季·费奥多罗维奇·什帕里科夫（1937—1974），苏联编剧、导演、诗人。

你的眼睛充满柔情，
泛出钟乳石的光泽。

在普希金温存的目光下，
夜色淡退，蜡烛熄灭。
母语纯净、柔和的气息
使你的嘴唇冷却。

1960年

告别

最后一次我对你倾诉：
别了，不必为爱承诺。
我要疯了。或者说
简直失魂落魄。

你是怎样爱的？你抿了抿
死的滋味。这不算什么。
你是怎样爱的？你毁了我，
但毁得如此笨拙。

致命的失误……哦，不能
原谅你。肉体鲜活，
徘徊不定，看见白亮的光，
而我只剩这副躯壳。

太阳穴依然微微跳动，
但手臂已经下垂。
气息和声音像一群鸟类
倾斜着，离我远去。

1960年

冬日[1]

严寒，孩子们的笑脸，
头脑比平常更清醒，
冬日宛如白纸一张，
还没有被图画占满。

这片空白有待填补，
我们为它送去礼物：
未经涂抹，不留下
纸的空间，画布的空间。

这就像孩子的行为，
像堆雪人时的情景——
嬉闹之间轻松地创造，
沉浸于童真的絮语。

---

1 此诗的抒情主人公是帕斯捷尔纳克。

感谢上帝，别墅树丛里
依然屹立着那座房子，
一位据称落魄的老人，
面相比实际显得年轻。

现在他走出门廊，
受寒的嗓音略带沙哑，
一只寒鸦抖了抖翅膀，
把雪撒到他帽子上。

显然，流言操弄着
悬而未决的命运。
而他像是乐队指挥
再次勇敢地挺直腰身。

他背对我们，面向舞台，
许多声音等待他的暗示，
从这最初的“嗒——嗒——嗒”
似乎听不出几许艰辛。

可我们知道，被冷落的
事业是多么繁重。
冬日啊，为什么你让他
如此茫然地劳作？

请允许他停下这辛劳，
用可怜的名誉抚慰他。
但你看那炊烟，那云卷雪
令人难以抗拒！

1960年

感冒序曲

通往自由和清醒的捷径
就在于——腿脚冻得冰凉。
秋日时分在路上漫步，
最容易引起这种状况。

十月里的流感，明察如神灵。
似天使插上蜻蜓翅膀
伤风自入冬的天空飞临，
将我们的肉体迷惑。

你在树和墙之间穿行，
仿佛忘记了自己是谁，
你骨头里一抹平庸的阴影
尚未被伦琴射线揭穿。

你依然无聊，健康又草率，
感冒却带着和善的笑容
为你献上它的飞吻，
缓缓抵达你的嘴唇。

此后你卧病不起，对友情
和节日的游行不再亏欠。
摄尔修斯[1]恭敬地确认
你在某些人中间的头衔。

你听见水银在腋窝下
搔痒和流动，一旦凝固，
银色的准度就能决定
该授予你怎样的称誉。

1 即安德斯·摄尔修斯（1701—1744），瑞典物理学家、天文学家，1742 年创立摄氏温标。

痛苦地吞下阿司匹林，
你会感到心旷神怡，
你会得到病人的特权
以及险恶寒意激发的勇气。

1962年

秋

蜂巢无声无息，
甜蜜地昏死过去。
秋意越来越浓，心灵
越来越成熟和圆润。

它以空灵的细节
浇注果实的色泽。
秋日的劳作多么精细，
词语就多么凝重。

大自然每时每刻
增添着头脑的负担，
慵懒仿佛富有智慧，
默默地遮蔽语言。

就连那脚蹬踏板
骑自行车的
孩子，忽然间
也把目光投向人世，
带着某种明亮的伤感。

1962年

回忆鲍里斯·帕斯捷尔纳克

我从远方开始，不是这里，是那里，
我从终点开始，但它也是起点。
世界曾经就是世界。也就是说
在这个世界里，一切如你所愿。

那里有一片树林，像菜园，
并没有多大，倒也还宽敞。
那里稚嫩的错误源于任性，
一切皆如此，一切正相反。

在那宁静、狭小的空间
房子曾经就是房子。也就是说
女人在房间里一边摇头，
一边早早地点亮灯盏。

那里劳动轻松如同书写课，
不知是谁——我们自己还不知道——
独自向天空祈求，赦免我们
不完善的理智之罪过。

善与恶的平衡之间，唯独他
是有罪的。大地漫不经心，
依旧随心所欲地飞旋，
蜡烛依旧在桌上燃烧。

无知之徒和扯谎者得到宽恕——
有什么分别？——面对人世
他洗赎了所有人的过错，
让我们不必为此而忧虑。

正当他留下的空白浮现于
世界的上空，邻近日出，
大自然放缓速度，
解除了我们肉体的重负。

无限虚空突如其来，审视着
我们这一群不幸相聚的人，
而我们种种丑陋的缺陷
已经无人能够自行弥补。

许多人来到那座房子。还有
两个身穿条纹衬衫的男孩
大胆走进房前幽暗的小花园，
马林果在那里更显黯淡。

我曾有机会停留在周围，
但我与现代的习俗格格不入，
难以展开不对等的交往，
相互结识乃至直呼其名。

黄昏时分我总是崇敬地
望着那房子并暗自祷告，
为房子，为小花园，为马林果——

我却没有勇气说出那名字。

时值秋天，但这仅仅是
夏天的结果而非信物。
当时还没有人意识到，
这一年的周期并非圆满。

为了坚决避免与他相遇，
我进入树林，进入相遇的必然，
进入他面容的开朗，话语的绵长……
至于面对你的名字吟诗？
哦不！

两年多以前的十月，一个很晚的黄昏，他意外地走出佩列捷尔金诺[1]那片乏味的林地。一身粗糙而整洁的猎装：蓝色的风衣、靴子和白色的针织手

1 位于莫斯科西南郊，1934 年在高尔基倡议下，政府在此兴建作家别墅村，1936 年帕斯捷尔纳克入住，直到 1960 年去世。

套。因为自尊和对他的柔情，我几乎没看见他的脸——昏暗中，只有他的双手白晃晃地发亮，刺痛我眼角。他说："哦，您好！我听说过您，所以立刻认出您了。"忽然，他为这句话增添了意外的感染力，恳切地说："看在上帝分上！请您原谅！我现在碰巧要打个电话！"他本来要走进像是办公的小楼，但转身就回来了，从一团漆黑中，他脸上清晰的亮度、他的额头和颧骨在柔弱月色下的光泽，向我迎面扑溅而来。我为他感到一种冰凉甜润的莎士比亚式的寒意。他不安地问道："您不冷吗？毕竟是将近十一月的天气。"他有点发窘的样子，笨拙地倒退着进入低矮的房门。我贴靠着墙，像个聋子，凭借身体倾听他在跟什么人交谈，似乎执着地替自己辩解，用关怀与爱的声音包围对方。我用脊背和手掌领受他说话的奇异方式——语句如吟唱般抑扬顿挫，善良的东方式的呢喃，继而转换成含混的颤音和木栅栏的喧响。我和房子，和周围的灌木，无意间落入这圆润而亲昵、雄浑而优雅的音调的富足怀抱。随后他出来了，我们一起走了几步，踏过杂乱的树墩、枯枝、篱笆和极难行走的土地。但他轻松地、像做家务似的，抚平了汇聚在我们周围多节瘤的渊薮——连同凸起的亮闪闪的群星、月亮表面的凹陷、草率栽种而不得安适的树木。他说："您怎么从来都不过来呢？我这儿偶尔会有一些非常可爱和有趣的人——您不会觉得无聊的。请您来吧！明天就来。"由于轻微的晕眩控制了我的心情，我傲慢地答道："谢谢您。不管怎样，我一定会来。"

他走出树林，像演员走出后台，
忽然摆出一副夸张的姿势——
并不期待从观众那里
获得好感——伸展开双臂。

他自己即刻成为一间剧场，
成为那美妙语言的古老舞台。
现在开始！熄灯！越过肩膀
已然闪烁着淡蓝色的磷光。

“哦，您好！毕竟是将近十一月的天气，
您不冷吗？”也就这些，没有更多。
他如何扮演了那唯一的角色，
将全世界的抚爱投向人与兽。

他就这样扮演自己——随意地！
郑重地！催人泪下地！永远地！不造作地！
他怎样演，野兽和孩子就怎样
舔吮乳汁，跟世界游戏。

“永别了！”人与人之间不习惯
如此演唱。但脚灯旁就这样唱着，
这样结束一场戏剧的独白，
其中谈论的是死亡与爱情。

已经落幕！已经照亮暗处！
还不是全部：“明天就来吧！”
哦，对于这好客的激情的声调，
唯有格鲁吉亚人像他一样熟悉。

但世上是否应有这样一座房子
可以进入——我不知道！这不可能！
所以，我始终漫不经心，
无论明天还是以后都没有来。

我在群星、树木和别墅间哭泣——
剧终之后，在熄灯的池座，
孩子会因为初次预感到损失
而这样哭泣，他们哭得多么大声。

1962年

“他[1]坚称：‘温室和冰川之间’”

他坚称：“温室和冰川之间，
比天堂稍微再往南，
坐落着第二个宇宙，
它吹奏儿童的短笛，
名字叫作——梯弗里斯[2]。”

眼睛灼热——双手冰凉，
我的爱，我的哭——梯弗里斯！
大自然凹形的飞檐，
任性的神在那里陷入任性，
在世界上空架设了奇迹。

我的眼里涌起迷雾，

---

1 指帕斯捷尔纳克。
2 格鲁吉亚首都第比利斯于1945—1960年间的名称。

我的错误开始滑脱，
当那城市摇摇晃晃
形成半圆，像塔玛拉[1]
美丽嘴唇上的微笑。

不知为了怎样的消遣
它在我头顶将弧形闭合，
将吻和魔法施加于
生和死，又狠心地——
成为梅杰希[2]永恒的囚徒。

哦，假如我没能喝
库拉河[3]之水！
没能喝

---

1 又译作塔玛尔（约 1160—1213），格鲁吉亚女王，1184—1213 年在位。

2 第比利斯的一座古堡，格鲁吉亚统治者（从公元 5 世纪起）的行政中心和王宫所在地。19 世纪末开始成为关押政治犯的监狱，后用作羁押点，1959 年被拆毁。

3 格鲁吉亚河流，第比利斯就建立在库拉河两岸。

阿拉格瓦河[1]之水！

没能尝到
毒药的甘甜！
没能把我的脸
埋进那片草丛！

那我就把你的馈赠
归还给你，格鲁吉亚。

但为时已晚！既然喝下一口，
就永远沉醉，上帝也会看见
我对你的梦——深沉，
一如阿拉赞[2]的河谷。

1962年

---

1 格鲁吉亚河流，库拉河左岸支流。
2 格鲁吉亚河流，北部是大高加索山脉。

寒战

莫非我病了——接连三天
瑟瑟颤抖，像急欲飞奔的马。
连我那同一楼层傲慢的邻居
也忍不住惊叫：
“您哆嗦得真厉害，贝拉！

可您得要有理智！您的怪病
震动墙壁，向四处蔓延，
搞得我家孩子精神紧张，
晚上还叮叮当当敲打我的餐具。”

我回答他说：
“我浑身发颤，
越来越剧烈，但没有恶意。
劳驾您转告我们的楼层，
今晚我就离开家到别处去。”

这战栗却拼命摇晃我，
将它的错误插入我的语言，
摆弄我的腿脚，不让
嘴唇合拢，露出笑容。

我的邻居向过道探头探脑，
目送我，嫌恶之情如假包换。
我要他把心放宽：
“您看到的是序幕。
谁晓得接下来会发生什么？”

我的病症尚未厌倦情节！
从自己身上，我以伤恸的目光
分辨出野生外来物的迹象，
似水滴呈现在显微镜下。

寒战越来越狠地抽打我，
将尖细的钉子钉入肌肤。
又好似骤雨抽打山杨树，

对所有的叶片施加惩罚。

我以为我会疾速地停歇！
肌肉在奔腾，尽情嬉戏！
我的肉体颠覆了我的权力，
每个举动都放肆无礼。

它离我越来越远！不知道
它会不会任性而危险地消失，
就像气球挣断指间的线绳，
从孩子的手上逃逸？

这些我全都不喜欢。
我告诉医生，
尽管面对他我还有些胆怯：
“如您所知，我是自爱之人，
不能容忍肉身放纵下去。”

医生解释说：

"您的病情并不复杂，
甚至有可能完全无碍，
但我没办法看清您——
您抖动的频率妨碍观察。

好比物体发生震颤，
而运动的幅度过于微小，
视觉上近乎为零，
它会显得一团模糊。"

医生用他的金灿灿的仪器
联通了我的不明确的体征，
刹那间，一股尖锐的电流
似绿色火焰使我周身冷冰。

指针和刻度顿时坠入恐慌！
疯狂蹦跳的水银兴奋异常！
随后是玻璃濒死的碎裂声，
碎片划破手指，涌出鲜血。

小心，善良的医生，请看仔细！
但他没有丝毫的犹疑，
郑重地宣称：
“您可怜的机体
现在功能正常。”

我感到伤心。我明知自己
同这最高标准之间的关系，
狭小头脑容不下它超常的数值，
任由其游离于我头顶之上。

况且神经系统历经磨难，
像弹簧刺破床垫
迸裂而出，撕扯我的肌肤，
围绕我嗞嗞作响。

脉搏强劲，扭曲整个手掌，
始终低鸣，始终想要自由。

无可奈何：见鬼！就让它
将我淹没，像涅瓦河淹没彼得堡。

入夜，大脑开始警觉地等待。
听觉畅通，因寂静而激动，
门的响动或书本落地也堪比
爆炸！轰隆一声——我就完了！

是的，我不敢驯服全世界的野兽，
它们吞吃我体内的血肉。
穿堂风总是从我门口吹来！
蜡烛总是在我面前忽明忽暗！

硕大的泪滴在眼中闪烁，
随时准备溢出眼眶。
我——亲手毁掉了一切！我——
要用地狱的凶险腐蚀天堂。

医生用拉丁文为我对症下药，

借助于人类绽放的智慧，
药房姑娘阅读这些文字，
犹如阅读五线谱的乐章。

此刻，滋补的缬草之吻
让我的家充满温馨，
医学用薄荷味的舌头
早早舔好了我的伤口。

邻居很满意，连续三次
通过他的孩子祝贺我康复，
据说他还向房管员
夸赞了我的人品。

我回访亲友，偿还人情，
回了几封信。我散步，
来回转圈尤其养生。
不允许柜子里存酒。

我周围没有声音，没有灵魂。
我的桌子死了，隐没在灰尘下。
几支铅笔将蠢钝的嘴脸
对准那一片幽暗。

形同溃败的马，我放缓
每个脚步，走得磕磕绊绊。
一切安好！每到夜晚
危险的预感却将我惊醒。

未等医生揭穿我的底细，
我对他的蒙蔽就已失效，
因为他所关怀和医治的，
眼看就要被我烧毁或冻结。

我像一只骨棺里的蜗牛，
因失明和静默而得救，
病痛过后，天线的触角
却搔抓我额头，从我头顶竖起，

哦，所有句号和破折号的陨星，
我呼唤你，坠落吧！就让我
在灼人的淡绿色寒意的银辉中
摇曳，失去踪影！

请击打我，像击打铃鼓，不必怜惜！
寒战，我属于你！我们永不分离！
我是你的音乐的芭蕾舞女！
是被你的严寒冻僵的小狗！

我暂时不再战栗，哦不，
如今不会再有这个话题。
而我那有远见的邻居遇见我时
已然是一副冰冷的面孔。

1962年

音乐课

我爱你，玛丽娜[1]，像爱所有人，
像爱我自己——
我不会张开冻僵的喉咙
说我爱你——像爱着光！爱着雪！
我挺起脖颈，口中像含着冰块，
想要说：你像所有人一样
学习音乐（哦，学业的倒闭！
仿佛伴随众神的哭和笑，
向蜡烛灌输发光的原理）。

两片同等的幽暗难以相处：
钢琴和你——两个完美的圆，
在互为聋哑的思念中
忍受对方另一种语言。

---

1 即玛丽娜·茨维塔耶娃。

两个忧郁的形象，无从解决的
敌意的相会：钢琴和你——
两种强烈的寂静，
两副脆弱的嗓音：音乐和言语。

但你在孤独方面的优势
决定着事态。至于钢琴？
它是静默的囚徒，直到盟友
将小拇指浸入升 c 小调。

你——是独奏。你——孑然自立。
对音乐而言，你的学问太难——
纵使发现内心流血的声音，
也不会将伤害者冒犯。

玛丽娜喻示前置！童年和命运之前，

re[1]之前，言语之前，所有后来之前，

如同所有孩子在钢琴前的姿势，

我们一道低下额头，

像你一样，像你一样，纠缠琴凳——

哦，旋转木马和格季克[2]的徒劳！——

任那旋律甩掉贝雷帽，

呼啸着，在脑海里萦绕。

玛丽娜，这一切都是为了美

而创造，为了庆幸地呐喊：

我像你一样，像你一样！

我本该欢呼，却在哭泣。

1963年10月

---

1 七个基本音级中第二个音级的唱名。

2 即亚历山大·费奥多罗维奇·格季克（1877—1957），指挥家、钢琴家、管风琴演奏家。

“四分之一世纪以前，玛丽娜”

四分之一世纪以前，玛丽娜，
叶拉布加[1]用天堂抚慰你
安息的额头，对于这额头
天堂却不够大，不够平坦。

你对痛苦无所不知，
说明你交上了好运，
难道还要加上我两次哀歌
虚无缥缈的声音？

两种无意义——你和他的死[2]，
两片荒凉，两个重音——
源于皇村花园的树木

---

1 俄罗斯鞑靼斯坦共和国境内卡马河畔的小城，1941 年 8 月 31 日，茨维塔耶娃在这里自缢身亡。

2 指茨维塔耶娃和帕斯捷尔纳克之死。

和佩列捷尔金诺的丛林。

在这两场死亡的作用下
词语的未来消耗殆尽。
未留下嘴唇和缘由，
能让我们重新言语。

这注定的损失之中
却有着自由和平静：
是谁令人如此羞愧，
为白纸的玷污而悔恨？

她爱得多深！还能更险恶？
没有宽恕，没有承诺，
你的爱将他们的名字
放逐到远方的圣地。

你饱受磨难和鞭笞，
唯有两件事对你是安慰：

不知道这两次死，

歌唱过这两次生。

1966年

履历

一切始于遥远的时辰，
在幼年，在它最初的课堂，
从意味深长的角色开始：
成为穆霞，比阿霞更少有人爱。[1]

赤脚奔跑在塔鲁萨[2]的露水中，
避免疏漏——无可挽回地错失，
为了比所有人，比世上所有
不可爱的事物更不可爱。

---

1 穆霞是茨维塔耶娃儿时的名字，阿霞是她的妹妹。

2 俄罗斯卡卢加州的小城，位于伏尔加河支流奥卡河畔。1892 年茨维塔耶娃出生之后，她的父母在塔鲁萨长期租下一套别墅。茨维塔耶娃一家几乎每年都前来度夏（1903—1905 年除外），有时也在这里度过圣诞假期。茨维塔耶娃的诗与塔鲁萨及奥卡河密不可分，她的塔鲁萨诗篇大多创作于十六岁到二十岁的青春年代，收录在两部成名作《黄昏纪念册》和《魔灯》中。茨维塔耶娃的女儿阿里阿德娜·埃夫隆（1912—1975）称塔鲁萨为茨维塔耶娃"创作的摇篮"。

何况凭什么爱她，谁来爱？
难道小脑袋的鼠群会爱上
这怪物？它见识过太多丑态
并将剩余带入黑暗。

而那优雅的艺术占星家[1]
和想入非非的簿记员，
显然也不喜欢双唇的倾吐，
尽管它们没有丝毫过错。

它努力创造和声，一颗星
不请自来，用细弱又格外
强劲的嗓音解除它的劳苦。
这是否会令它感到可亲？

污泥和冰雪是她的庇护所！
可是在饥饿的黑石之城，

1 或许指的是勃留索夫。——原注

该如何处置这不得体的额头？
除了额头之地[1]，又能在哪里？

她采撷忧伤，越过头脑的
双峰，抵达绝险的山巅，
她必将穿越大千世界
流浪和孤独的楼阁。

任何一位仁慈的姐妹
都会硬着心肠接受痛苦，
接受过剩的厄运的技艺——
无论如何只能成为弃儿。

她的遭遇不能怨你，柏林！
你驱逐她，按照惯例和常理。
但你的壁纸和粉饰的阴暗

---

1 原文为“лобное место”，专指古代宣读沙皇诏令和行刑的高台，位于莫斯科红场。此处采取字面直译。

并非地狱，只是地狱的边缘。

请勿见怪，神圣的巴黎，
你傲慢地亲吻她的手，
但你是屋顶上的荒郊僻野，
是她伤痛王国的外省。

不幸的村庄，你们要跟
都市空前的灾祸一较高下？
那里有火星在死水上游荡，
惊扰着骑兵少女[1]的影子。

最后的受难的殿堂变暗，
遮蔽金色城市的光芒，
她在那里是何等饥寒，
就像在宇宙的至高点上。

---

1 指娜杰日塔·安德烈耶夫娜·杜罗娃（1783—1866），俄罗斯历史上第一位女性军官、作家。

相比别处的土地，叶拉布加
值得赞美，值得流言的偏爱。
一条索套，捕获并占有了
头颅里珍藏的奇迹。

只剩下喉咙和手，声音
在跨越二者的途中变成诗，
而死的时刻不超过一行：
仍是喉咙和手之间的辛劳。

等待却如此漫长！舒展发绺，
用瞳孔张望——花楸果是否变红，
莫非要挨过整个八月？哦，
玛丽娜，你就是一只猛兽。

1967年

我发誓

我以那年夏天的相片发誓：
陌生的门廊，像歪斜、孤立的
绞架，并非把人带进家门，
而是与之分离。一袭狂野的

缎面铠甲，挤压喉咙周围
大块的筋肉。你坐在那里，
你已经唱尽并且逃离了
马一样的饥饿和劳苦。

我以那张相片发誓，连同幼童
弱小的肘尖和他怪异的笑，
死亡用这副笑脸引诱孩子，
用罪证装饰他们的面容。

我以对你的回忆的伤恸发誓，
我曾经啜饮滞闷的苦痛，
由于你压抑的破折号，
我的喉咙咳出了血。

我以你的来临发誓：我向你行窃，
掠夺，要把你占有，却忘记
你是——另类，你是——禁忌，
你属于神，在上帝那里也少见。

我以那龇露着鼠类的牙齿
最终将你撕碎的枯瘦发誓。
我以圣洁美好的故土发誓，
是它将你遗忘于蛮荒的绝境。

我以你不幸爱上的那个
完美而虚幻的非洲人[1]发誓，

1 指具有非洲人血统的普希金。莫斯科特维尔街有他的青铜塑像。

他凝视着孩子们。我以
孩子们发誓。以及特维尔街。

我以你天堂里悲伤的歇息发誓，
那里你没有手艺，没有痛苦——
我发誓杀死你的叶拉布加。
我以你的叶拉布加发誓，好让子孙

安睡，老妇人会在夜里吓唬他们：
“睡吧，男孩和女孩，别作声，
瞎眼的叶拉布加就要来到”——
却不知道，她不存在，不存在。

哦，她开始以凌乱的步履
爬行，爬得多么快，多么快！
我要抬起带铁掌的皮靴，
未经判决，就踩断她的触须。

鞋跟和脚尖分别加大力度，
反复碾压她的后脑勺。
她的幼仔喷出绿色的汁液，
像剧毒，烧灼我的脚底。

最后我要把她熟透的卵
抛入大地，既然大地深不见底，
但不会有一句话提到那门廊，
它见证了玛丽娜的孤苦无依。

我以这一切发誓。此时在黑暗中，
叶拉布加正把黄眼睛对准我，
她发誓要用淤泥的恶臭
用井底的蟾蜍杀死我。

1968年

“我来到人世二十七年”

我来到人世二十七年，
有幸得到独处的乐趣，
花园四周美妙的意境
使家居生活更显幽寂。

我把自己交付给善，
正义的自然同它一道
关注着松林的凋萎，
或决定园圃的命运。

我喜欢忘却悲戚和愤怒，
不愿思考也不想言语，
在树的童稚的蒙昧中，
忍受陌生的天才的忧虑。

忽然我像野草一样健康，
心灵纯洁像其他植物，
不比树木更聪明，
不比出生之前更有血肉。

夜晚我举头向虚空微笑，
上帝就在近旁显现，
在幽暗中披着皎洁的光，
只为了笑容和问候。

神的恩典如此不可避免，
博大的抚爱如此之近，
我拢起额发——以便
亲吻和沉沉地入梦。

像几个世纪那样漫长，
我身在大地和树林深处。

在我那幽居的门后

谁也不知我有多痛苦。

1964年

怀念莱蒙托夫

哦，格鲁吉亚，只因你的过错，
在泥泞而又洁白的冬日，
我的忧伤才不尽是忧伤，
希望才不至于沦为绝望。

幸运的是，我只爱你一个。
唯独你不是假面一张。
你的手轻柔地放在我头上，
缓解了我内心的惆怅。

你的爱不会让人措手不及。
你的怀抱始终向我敞开。
你所有的声调，所有的絮语
都是对我耳畔的叮咛和安慰。

但今天我并非如此稚嫩，

需要在南北之间做出选择。
深秋的不幸已然成熟，
以不适装点着往昔的适意。

只有我手中的黑伞在骚动，
紧绷起鲜活、柔韧的肌肉。
那急欲将你遗弃的——不如
任由它去，何必无谓地挽留。

于是我放下伞，不在意
它将如何利用这自由。
我缓缓走在十月的日子里，
穿过水面和冷冰冰的天气。

在一个陌生人家，不知何故
我停下我的双膝的奔忙。
您尝试过住在陌生人家里吗？
那儿很好。情况就是这样。

完成孤独的壮举，我本来
应该离去，却发生了意外：
这家的浴室里住着一只蟋蟀，
嚯嚯鸣叫着，向我示好。

我的心灵当时还不够强大，
故而——怀着信任和感伤——
我付出柔弱的心，爱上
那弱小的低吟和词语的浅唱。

善良的一家很快适应彼此，
相互之间没有任何冲突，
它和我——大自然的两件小事，
安静地活着，编织着歌谣。

我便留下来。我们彻夜不眠。
我歌唱——它便发出回响。
嗯，一切都好。可是我的梦
在何处栖居？在何处流浪？

它们仍在原地，在我驻足处，
在云和太阳以及善和恶之间，
有位全世界最高的少年，
站在与世隔绝的峰尖。

哦，那里，在山的庇护下，
仿佛被舒缓的舞步所迷惑，
阿拉格瓦河和库拉河的水流
既不能相遇，也无法分离。

山脚下，姆茨赫塔的殿堂纯洁
又幽暗。它的祈祷充满斗志，
伴随刀剑的喧声、马的响鼻
以及为这片土地终年的征战。

他站在哪里？就在修道院
依然保持雄姿的地方，
小石子在此轻盈地嵌入

那位修道士莫大的忧伤。

是吗，我的男孩是个大人物？
你做了什么，要凭我记忆的
伤恸和眼里的黑暗而复活？
这黑暗在为矮小的你哀泣。

在这被上帝禁锢的命运
和你至高无上的痛苦中，
但愿你会爱上一只蟋蟀。
蟋蟀可曾陪你的孤独游戏？

请站在山巅！可不要离开，
到那里去——四年以后
那里会有完美、虚空的自由
永远将你笼罩。[1]

---

1 1837年莱蒙托夫因《诗人之死》入狱，继而流放到高加索。流放期间，他走过了包括格鲁吉亚在内的许多地方。1841年莱蒙托夫在决斗中不幸身亡，此时距离他首次格鲁吉亚之旅正好四年。

请站在山巅！我将追随你
从太阳底下和姆茨赫塔周围找到你。
我要用视觉占有你，不再归还，
而你已获救，这就是永恒。

请站在山巅！但来自异乡的
神秘消息对你越仁慈，
你的故土的魅惑就越强烈，
它甜蜜的寒意就越不可缺失。

1964年

冬日的幽禁

给布拉特·奥库贾瓦[1]

二月里的一天，一位怪客来访。
早在一月，雪就覆盖我的屋顶，
禁锢我的思想和行动。
我活得拘束，像灯笼里的火
又像琥珀里的昆虫，
栖身于理想的狭小空间。

怪客突然出现在我面前，
为此次光临平添蹊跷，
积雪原本严守着我的家门。
例如，我要给我的鸟儿喂食。
“可以出去吗？”我问。“不行！”

---

1 布拉特·沙尔沃维奇·奥库贾瓦（1924—1997），俄罗斯著名诗人、小说家和剧作家。

雪堆的强大意志回答我。

听我说，这位怪客神秘莫测。
他穿墙透壁，像钉子，不知被谁
出于隐秘的意图从外面钉入。
话说回来，他又能有什么选择，
既然封砌在雪的黑暗中的房子
并未留下可供出入的门和缝隙。

怪客——他来不是做客，是统治。
他用火治愈了自己湿漉漉的礼帽，
从怀里掏出一只豚鼠，然后说：
“抱歉啊，我冷得发抖，加上
拼命闯入这房子时，碰伤了身体，
眼下又在这儿面对感冒的风险。”

我说道：“哦，客人，火会给你安慰。
一捧核桃，一嘟噜易腐坏的葡萄之佳酿——
便是正义的暴风雪中我小小的南方。

至于这位可怜的海的女儿[1]，
我早就以我的爱为她准备了
产自异国海湾的圆白菜的果实。”

怪客自吹自擂：“请注意，女士，
我偏爱泪水，但我湿透的腿脚
不偏爱脚印。我完全是个谜！”
我对他解释说，我不是书呆子
不会跟在音乐后面亦步亦趋，
只为看见音乐家脚底的踏板。

怪客叫嚷道：“我不喜欢您玩笑的
腔调！您这就会发出可怕的呻吟！
您精神和肉体的状况很糟糕！
本人之所以冒昧地来到府上，
是因为了解您不幸的命运。”

---

1 “海的女儿”指豚鼠（свинка морская）。该词的字面意思是“小海猪”，为阴性名词。

我问他："您干吗不喝点什么？"

怪客并不讨厌喝杯葡萄酒。
他的口唇的冒失仅仅将他的话语
引向错误、笑容和善意的哀叹：
"争议的尺度合情合理！
您——我的孩子，宠儿，蒙恩之人。
我要设法改变您的命运。

预言之兽毛色白净，实乃事出有因——
您能犯错，就能抽到幸运券！
请挑选尘世间任何一种安慰！"
我向客人表示敬意："您真是好人，
可我暂时不接受您的馈赠。
还是救救那只漂亮的豚鼠吧！

就险恶的孤独而言，它岂不是我的姐妹？
这伤恸何等剧烈——从梦中回望，
身处他人的自然，自己的却无法融入。

哦，海景画、海风、大海[1]多么温柔地
诱惑我，又从我身旁掠过，
只留下先知眼中童年的景象。

尽管如此，我依然感谢命运的眷顾。
我按照心愿活得自由自在。
上帝对我公平，出版人也很客气。
我的老狗像小狗一样扑向我脸颊。
神还赐予我丰富而奇妙的选择：
抑扬格，扬抑格，抑扬抑格，抑抑扬格和扬抑抑格。

就在昨天，田野里响起一阵铃铛声。
这是一位老同志来看我。
一场虚惊——万一他找不到路呢？
我说道：总算见到你了，布拉特，
你让我望眼欲穿，爱的失序

---

1 原文中“海景画”（марина）、“海风”（моряна）、“大海”（моря）读音相近。

在我心头咝咝作响。”

怪客笑起来。他知道我在说谎。
这片孤零零的雪地里不会有雪橇。
我的同志正跟同志在列宁格勒喝酒。
我的狗也早就死了——
我胸口的气息越来越少。
手对笔和本子避之不及。

怪客强调说：“您现在确实不幸。”
这时，紧闭的门打开了。
雪一直下啊下，不在乎损失。
刚进来的这人，相貌可真英俊！
彼得堡皮革的套鞋拖曳着
足迹——狡黠又俏皮，似他的笑容。

但愿我的客人能理解并加以区别，
瞳孔在面部的幽暗中如何泛银光，
非洲人的毛发如何浅淡，俄罗斯人的又是

如何黝黑！我想了想——二月快结束了——
对来人说：“我开心！我喜欢！
多好啊，我和你再也不分离！”

1965年

夜

给安德烈·斯米尔诺夫[1]

黎明已从三面黑暗中降临，
可我的手依然软弱，
不敢透过桌上凝固的空气
触碰纸张的洁白。

我诚实的理智，执拗地
为自己的缺陷而羞愧，
不许我的手像往日那样
潇洒地写下抑扬格的诗！

此刻，幽暗充满意义，
朦胧的臆想灼伤额头，

1 安德烈·谢尔盖耶维奇·斯米尔诺夫（1941— ），电影导演、演员、剧作家。

咖啡因的力量和午夜的激情
给人以头脑敏锐的错觉。

但在这些不眠之夜的迷狂中，
理性显然强大且完好无损，
即使天才般炽热的情感，
也不会被它视为美德。

无视自身的不幸难道是罪过！
诱惑如此甜蜜，琐事如此无辜——
我要打破今夜的无名，
称呼黑夜里所有的名字。

当我让手暂时停歇之际，
每个物体都显出女性的娇媚，
多姿多彩，专注于所有
对其表示赞美的举动。

相信已被我爱上，事物的
细嗓子发出呢喃和央求，
它的灵魂期待被歌唱，
而且一定要用我的嗓音。

我多想感谢蜡烛，
向世人展现可爱的烛光，
为不息的柔情献上修饰语！
但我再次选择了沉默。

多么痛苦——受尽喑哑的折磨，
始终无法诉说我的爱
凭着锐利的目光
从昏暗中发现的美！

雪花纷飞，屋子里空荡荡。
我为何愧疚，而不能随心所欲
写得糟糕，但合情合理——
写那屋子、雪和窗外的幽蓝？

面对我眼前无助的纸，

面对明亮无邪的蜡烛，

面对我漂在梦中的脸，

愿上帝别让我失去羞愧。

1965年

词语

“我忍受着青春迟缓的步履，
时而无所畏惧，时而陷入忧郁，
我写诗，有人奉劝我：撕了吧！
但您却如此轻松地说出词语，
抑扬格喜欢您，生活眷顾您。”
彼尔姆[1]的男孩写信对我说。

在陌生的黑暗中摸索开关，
瞎子似的打扰主人的睡眠，
空气像树墩，绊住腿脚，
对沉重的挫折感到羞惭，
为每本书哭得伤心欲绝，
于是我想起男孩和彼尔姆。

---

1 俄罗斯彼尔姆边疆区首府，位于卡马河畔，乌拉尔山脉西麓。

没错，彼尔姆有个古怪的男孩，
他说话的音调高昂又宽广，
吐词含混，当彼尔姆上空
那些常见的星座燃起火光，
这个孩子便说出词语，
用他冻僵的不善歌唱的喉咙。

这是怎样的言说！难道在我
或者某个人身上，在咽喉的
幽暗死寂的峡谷里，
有过这样一道开口，
能将无尽的词语的精华
全都容纳在它的纯净之中？

哦不，我身上不是抽噎就是嘶哑，
还有急切的杂音取代词语，
占据满是烟气和阴影的胸肺，
而脖颈也缺乏倔强的力量，

就连无谓的呼吸的习惯
都懒于进行，难以持续。

铁一样生硬的喑哑之声，
用血淋淋的伤痕撕扯喉咙，
我一张口，就把手帕染红。
我好像被无声地葬入大地，
我知道彼尔姆有个孩子，
奇怪的是，他能说出词语。

1965年

喑哑

是谁如此强大和精明，
从喉咙夺走我的声音？
我喉咙里黑色的伤口
无法为它放声哭泣。

三月，你平凡的事业
多么值得爱慕和颂赞，
但我词语的夜莺已死，
如今它们的花园是词典。

雪花、灌木和悬崖
恳求我："哦，歌唱吧！"
我呼喊，但喑哑就像
哈气，环绕在唇边。

我艰难地大口呼吸
并谎称，面对积雪的
树木难以言喻的美，
我暂时还无所亏欠。

灵感——喑哑的心灵
刹那间连绵的叹息，
别的倾吐不能将它拯救，
除了我说出的话语。

不如从容、随意地
放松紧绷的脉搏！
而凭借默诵，我将永远
化身为我渴望赞美的一切。

因为我曾经如此沉寂，
爱过所有词语的名字，
忽然疲倦了，仿佛死去，
那就请你们为我歌唱。

1966年

黄昏

黄昏之中有着天堂般的自由，
让人忘却世纪、年代和日子。
什么时候？无关紧要。瞧那入口
通往远处灯火摇曳的幽深花园。

从浸润着花序的水雾
到含情脉脉的树木，
都找不出这个时代的证据，
那就选择另一个——活下去。

视觉的偏差，精神的迷误
将我归还于昔日的林荫路，
使我徘徊其间。一位偶遇的老妇
似曾相识，从一旁打量我。

白天这片地方空空荡荡。
但黄昏时分我放眼四望，
就会看到幸福生活的家园，
看到那里无所顾忌的热恋。

那里永远在等候命名日的来宾——
喧闹着，红着脸，行吻手礼。
有人向我招手，邀请我做客，
那是我从未去过的人家。

但如果他们了无牵挂的声音
注定化作天空和水的寂静——
又是谁的手指轻轻划过琴键？
谁的花饰落入不幸的周旋？

我如何接受了他们亲切的问候，
如何从轻歌曼舞的旋律
从古老的华尔兹和古老的标志，
感知他人的烦忧，他人的爱？

为头脑和听觉，是否还能
展开一场游戏——主角是河流，
旷野、树林、老妇，两三点
失明的灯火中的村落。

我的心灵的隐约的笑意
荡漾在那里，在迷惘的远方，
在我的故乡，正是它离奇的错误
赋予我异域的语言和风光。

但理智受到暮色的惊扰，
渐渐清醒，它想要寻觅
并重新认识那些生灵的写照，
认识我的世纪、我的时光、我的桌子和床。

我依然迷失在露水的深渊，

我听见，用粗野的语言，

紧攥在一只拳头里的收音机

向我发出它的诅咒。

1966年

不幸的春天

当悠闲恬淡的积雪发誓
像金属般努力发光和凝结，
当那心怀梦想的姑娘
还没有脱下绒毛披巾，
将橙色贝雷帽贴向肩头，
给手肘和膝盖以自由，
以便在解冻的林荫路
一展芭蕾舞姿而非步行，
当四月还没有忙着
向昆虫和植物献媚——
一个神经衰弱症患者
担负春天的劳苦，变成疯子。

在冬日的余威下，他面对
雪堆、破冰工人和溜冰者的傲慢，

独自忍受春天的怨气，
沦为它暴戾的牺牲品。

他急匆匆地打开窗户，
仿佛宁愿死也不愿被囚禁，
仿佛从皮肤上撕去绷带，
疼痛的诱惑难以抗拒。

他怎么了，扯下百叶窗？
是强大的精神要他寻找出路，
还是甲状腺的孱弱
在乞求加碘的苦涩美餐？

他也不知道自己受制于
谁的作用，谁的影响。
但有传言说，他追求不幸——
像渴望名利一样渴望苦难。

他叫嚷："我注定是罪人！
我并非天才，脑门上徒有
巨大的隆起并为之自豪，
可我爱惜的是无益的脓包！"

他开始惧怕笔和墨水。
他以绝望的勇气说道：
"主啊！你卑劣的门徒——
我决不会玷污纸张。"

他变得狂躁而阴郁，排斥
一切可能带来愉悦的事物。
他想要用痛苦磨砺头脑，
它的不完美令他厌恶。

胸口发出微生物的尖叫：
"我们不想要！"他鄙夷它们
无谓的美，将酒精和尼古丁
灌入它们铁靴似的脆弱咽腔。

他诅咒生养他的屋子
和花园："早晨醒来真要命！
这烧红的地狱多么灼热，
这便是所谓的安逸！"

他住在别人的屋子和花园——
只要向好奇的女主人付出
粗壮赤裸的形体，众目之下
展开他的流血的盛宴。

人们给他吃喝，彼此间
窃窃耳语，但并不责怪
他成为他们平淡乏味的
生活中斗牛表演的节日。

他不在空空的餐馆里悲叹，
就在准上流阶层的会客厅
纵饮，他知道这是酬劳——

为公开展示诗人的怪异。

这些人之所以送上午餐，
让他吃得香甜，还因为
那聪明的女宾、女艺评家
有权利宣称：他在受苦！

他确实在受苦。在尖角上
他撞破额头，惩罚自己的渺小，
却没有获得智慧的尊严，
也未能感知真理的确凿。

半夜从灰色床单上苏醒，
他咒骂邪恶大脑之污秽，
帕斯捷尔纳克庄重的形象
从他头顶高高地浮现。

他摘下肖像，算是推翻了
他犯有空虚和焦虑的指控。

一个哑巴，不能用喉咙
歌唱，难道就是罪过？

在茶馆和啤酒馆，在广场
和火车站长椅上也能遇到他。
到头来，他垂下头如是说
（确切地说，是我在倾诉）：

“朋友们，我已年满三十，
唉，三十年的结局多寒酸！
我的孤独的壮举荒诞不经，
对自我的审判也不明智。

上帝确知每个人的人格，
我的只有一个，不多也不少：
我将永远只是我自己，
直到不复存在的那一刻。”

种种苦痛将白色灼痕楔入肌肤，
它们的意义和价值何在？
莫非在于耳畔传来短促的
声音，而我会说：就这么多？

然后我会点燃一支蜡烛，
拿起笔，感谢我的命运，
我会想起这可怜的春天
并写下关于它的诗篇。

1967年

“我想，我曾经多么愚蠢”

我想，我曾经多么愚蠢，
当我以自己的额头为耻——
它为何缺乏天才的光辉？
如今我更成熟，也更清醒，
我想跟朋友一道用餐——
只有他们的问候才是温馨的。
我做了个梦：我在受难和飞奔[1]，
脑海里燃起学生时代的崇高情感，
为纪念一个普通的节日。
我的友人对我如此厚爱，
五点半，理应相聚在
起义广场的小咖啡馆。
我来了，看见人聚齐了。

---

1 此处“受难”和“飞奔”对应的俄语原文是“мучаюсь”和“мчусь”，音形相近，为作者惯用的诗歌手法。

我忍住喉咙里温柔的啜泣，
称赞他们俊美的面容。
一如往昔，我感到头晕目眩。
一如往昔，传来美妙的话语
和吉他迷人的弹唱。
我醒了，匆匆赶到咖啡馆，
我把帽子拢入衣袖，
心中没有一丝疑虑。
我清楚地记得不久前那个梦，
于是要求摆好五个人的餐桌，
在起义广场，时间是五点半。
我等了许久，目睹众人的生活，
它就像广场上的巨浪
蓦然涌向我荒凉的岛屿。
这使我碰巧占有了邂逅的逸闻，
他人的秘密，他人的言谈，
手肘之间神秘、激烈的交锋。
身着灰色夹克的凶手走进来。
他杀害的那人坐在不远处。

我观察着他们古怪的交流。
第一个人开口说：
“瞧我的手，可是您
别一直喝这么多白兰地。”
另一个起身向他道歉。
我问那个站起来的人：
“我看您
总有一天要吃大亏，
难道您真遇到了麻烦？”
他告诉我：“孩子啊，
我是被旧日束缚的囚徒。
像当初一样，我害怕——
夜夜梦到他，他梦不到我。”

我明白了，我害怕一个人待着。
我的朋友，我们的联盟多美好！[1]
发发慈悲吧，哪怕没有承诺。

---

1 引自普希金抒情诗《十月十九日》。

我孤零零，像冰原上的马尔姆格伦[1]，
我身陷囚禁，像额头里的偏头疼。
我的朋友，请你们怜悯我！

但只要还能写诗，我就会
借此向你们撒谎或道出真相：
他们没等召唤就来了，
对我说："您的表走得快。"
而我们的心愿纯洁无瑕——
五点半，在起义广场。

1967年

1 即芬恩·马尔姆格伦（1895—1928），瑞典地球物理学家、气象学家，多次参加海洋学与北极探险，死于1928年的北极探险活动中，遗体被苏联飞行员鲍里斯·楚赫诺夫斯基发现。

圣巴托罗缪之夜

给叶甫盖尼娅·谢苗诺夫娜·金兹堡[1]

我在凉爽的阴雨天沉思：
如果非要按照直觉的逻辑，
降生在血案附近的孩子
就明显是有伤风化的。

那天夜晚，圣徒巴托罗缪
召集饥渴的众人前来赴宴，
孩子在两堆火之间细声啼哭，
他还不是胡格诺派，不是天主徒。

他还是个咿咿呀呀的婴孩，
一只还不会走动的羔羊，

1 叶甫盖尼娅·谢苗诺夫娜·金兹堡（1904—1977），苏联作家、记者，著有回忆录《陡峻的征途》。

他汲取从死难者呼吸中
得来的元气，活了下来。

乳娘啊，无论你怎样呵护，
怎样用花蜜乳汁喂养这孩子，
在他纯洁稚嫩的血液里，
依然流动着别人的一口氧气。

他喜欢吃，他还想要喝，
未开化的机体并不知道，
它正在贪婪而又甜蜜地
享用被切断的喉管的气息。

他染上呼吸的恶习！教派
和遥远的惨祸并非他的过错。
他把令人晕眩的血腥
当作胸肺平常需要的养分。

不知是谁的肩膀的阴影，
罪恶地笼罩他童年的安睡。
但刽子手和刽子手的牺牲品
同样会腐蚀稚子无知的梦。

他睁开双眼，想看看体内的
毒物将导致怎样的命运。
被快乐戕残，还是死去？
抑或私自沦为奴性的贱民？

你们这些善人，习惯于
太多的死亡，相互责骂，
彼此争斗，草率地照看孩子，
大概连孩子们也不惧怕。

倘若孩子在梦中号啕大哭，
请别担心——只是小毛病：
是吸血僵尸的乳牙
将牙床微微地触痛。

假如枝叶间有什么在窥看，
目光似瘆人的寒气掠过皮肤，
别害怕！这是孩子们的小脸，
他们在暴行庇荫下长大。

但那失忆天堂里的哭声
或许是为纪念另一种选择，
而那幼小的喉咙也在哀悼
自己无助的脆弱——

用诗文难以容纳的恐惧，
以音符无从解释的音乐。
话说回来——多么微不足道！
总共只有——三万名胡格诺派。

1967年

“在那个时代，就连恶徒”

怀念奥西普·曼德尔施塔姆

在那个时代，就连恶徒
也只是市井之间的庸人，
犹太人多脆弱，在他内心
罗斯和音乐已经苏醒。

序曲：一道易碎的剪影
背负着风姿优雅的罪名。
世纪之初。岁月之春。
赫尔辛福斯[1]潮湿的夏天。

那是神还是娇小姐？祈求——
数百里之外朦胧的爱情。

---

1 芬兰首都赫尔辛基在瑞典语中的称呼。

欣赏的目光！一绺额发
腼腆地遮住天才的额头。

但世纪期盼一场盛宴！
疲惫不堪的它在等待借口，
而彼得格勒只给彼得堡
留下勃洛克临终的境况。[1]

他知道并说出那征兆，
世纪也将落在他肩上[2]。
还能怎么办？他一贫如洗
面对他创造的语言奇迹。

大大张开的喉咙想要
发表闻所未闻的言论。

---

1 1914—1924 年彼得堡改称彼得格勒；1921 年诗人勃洛克去世。
2 参见曼德尔施塔姆《为了未来岁月喧嚣的荣光》，诗中写道："猎狼犬的世纪扑落在我肩上 / 但我就血缘而言并不是狼。"

只需减少生活的热忱，
就足以切断它的声音。

天空包藏着双重的祸心，
授予他——特殊的荣誉：
嘴里塞着异物的歌者，
失去口粮的美食家。

据回忆录：“曼德尔施塔姆
喜欢甜点。”我乐于获知
这一点。但他不愿呼吸——
当然也没有必要。

这么说，永远做一个
手臂扭向后背的创作家，
做一个无名的死者，
依然不成其为痛苦？

但就算死去，也要知道
那孩子般的不幸的渴望
难以满足，一刻也不安宁，
却无牵无挂地活在地狱。

在我的噩梦里，在天堂，
他还活着，我把他藏在那里，
他吃得很饱！我喂给他
大块的甜食。我在哭泣。

1967年

雨和花园

我把昏沉的目光投向窗外，
眼前好似生疏的识字课本。
雨和花园叙说的十二月，
我了解得少之又少。

分不清哪是雨，哪是花园。
这是两种自然现象的婚礼，
身为旁观者，我没有资格
用视觉拆散二者的结合。

多紧密的拥抱，连一只手
都难以插入！不知不觉，
在这拥抱的挤压之下，
果实迸裂，溢出蜜汁。

花园在雨中！雨在花园里！
雨和花园行将毁于对方的
怀抱，留待我决定的是
南方少有的寒冬的命运。

我该如何分开花园和雨，
留下短暂明亮的空隙，
好让鸟儿微微的颤抖
容纳在雨和枝叶之间？

在它们相互纠结的间隙，
我又该如何填入一个家，
就在那儿，我最后一次
沦落为无家可归之人。

心灵渴望双重的愉悦，
这也是它必然的遭遇：

忍受花园和雨的折磨，
对雨和花园报以怜悯。

但这与家何干？死寂的家！
这不正是我造成的吗？
我的孤独的栖身之所，
被我的孤独逐出世界。

我曾经祈求美好的不幸，
但绝非那一种和那样深，
以至于我所招来的不幸
将别人的窗棂击得粉碎。

从各自的空间，从深深
扎入泥土的家，雨和花园
会把多余的物品清理干净，
使这一切全都化为乌有。

在寒酸简陋的蜗居，
难道我会依靠软弱的精神，
去阻止雨和花园
进行无休止的游戏？

是时候了，我在尘世间
不合时宜地占有的
他人领地，难道不该让给
树影幽暗的冬天？

1967年

暴风雪

献给鲍里斯·帕斯捷尔纳克

二月，天气喜怒无常。
大自然雄浑的北方
唤醒作家村的荒凉，
奇异地照亮了四周。

只有四座房子的小街，
打开长度和宽度，
从容地收取全世界
所有的雪和所有的月光。

大雪纷飞，寒风劲吹！
这无疑是暴风雪的奉献——
为那个将心灵倾注于
这些草木和房子的人。

溪水平淡无奇的流淌
松树低垂的枝干，
被他赋予别样的意义，
转化为珍奇的景观。

这美和秘密的空间
难道不是因为对他的哀怜，
它自己的声音才充满
同样的呓语和呢喃。

这场雪已下了许久，
忽然，就在那一瞬，
在房子和那片墓地之间，
中断了连绵的伤恸。

1968年

“我偏爱回忆，胜过拥有”

我偏爱回忆，胜过拥有。
每当此刻与过往的瞬息
相互结合，像铜和铜，
它们共同的声音就成为诗。

我爱逝去的春天，爱它的
房子和花园，山的作用
使它盛大的自然悬在半空，
高过大地，低于天穹。

我爱现在，但我属于春天，
唯有海的容量令我怯懦，
意气消沉。透过夜的窗
海浪翻涌，像暗示着什么。

当大海和月亮交汇之时，
一股凉意掠过我脑际，
我仿佛逾越了理智的界限，
竟然向宇宙表示亲昵。

阳台窥望永恒的本质——
是否不得体？从往昔岁月
获知今天，也不失为快乐——
我会偿还这一切。

是否太放肆——向大海和月亮
滥用情感，并为之昏厥：
它们活得明亮，正如我内心
永远醒着的白昼和黑夜。

刹那和刹那之间会发生什么？
事物失落于世纪深处，
留下影子在心中成长，
日益坚固。这会持续多久？

手艺以致命的恐惧和勇气
为规则，其关键是否在于：
将生命的光华燃成灰烬，
继而赢得它不朽的余晖？

1968年

诗行

“这条路……我不告诉你伸向何方……”[1]

——安娜·阿赫玛托娃

唱片略显愚钝的奇迹，
电唱机隐约的呓语，
只闻其声，不知所从何来，
莫非从幽深的地心，
从树根、腐草和针叶的重压下，
那里，腐殖土沸腾，热浪
直冲云霄，不，比这些
想象的深度更深，
从熔炼红宝石的烈焰中央，
大自然也在那里起源——
土地和水的低音得到释放，

1 引自阿赫玛托娃《海滨十四行》。

越来越近，终于传到耳旁，
像绵延不绝的道白，
仿佛根本不用费力，
如此随意，又如此庄重：
“这条路……我不告诉你伸向何方……”
你我之间不会这样说话，
世人也不具有这种知识，
无论以虚构还是猜想，
都无法为它找到恰当的名称，
因为无知，我们勉强称之为
不朽的诗行。

60年代

家庭与生活

给阿尼娅

起初，一个孩子
从虚空的黑暗中出现。
一条小狗为了幸福
应邀加入我们的小圈子。
而那只小猫仔与其说被邀请
不如说依旧孤单。

复活的小鸟从天堂飞落到窗口。
魔幻的时刻，蜡烛将自己点燃自己：
蟋蟀奔向我们，拖带着极尽温柔的
鸣声，像运送蟋蟀零用品的雪橇。

我们神秘的圈子就这样扩大。
大家是否已到齐？恐怕还差点儿。
你在哪里，亲爱的，未来的新人？

赶紧扇动翅膀！脚踏板蹬快些！

趁各样东西沿着住宅楼梯
上下运动——我们就在一旁等候。
但我们绝非一贫如洗，
家里连个像样的物件都没有。

进来的不管是谁，请加入我们！
你自己会看到，每到夜晚
我们如何燃起我们的魔灯。
哦，欢笑！哦，咯吱吱！哦，闹哄哄！

长者英姿飒爽，尽情跳着
圆圈舞，只要我还活着，
就会告诉我的夜的自由，
长幼尊卑的操心事多繁琐！

这是去哪儿？我把脸埋入手掌。
狗在变老。笔记本寂寞。

唯有孩子越来越年轻，越来越
想活下去，向我表示同情。

额头绞痛难忍，只因这股热情
才恢复活力，孩子静静地——
想了想，对小刺猬说：
“原谅我吧，原谅我的一切。”

真对不起，因为任何生命
都如此鲜活！你关注的星星
不在我请求之列：惨痛损失
让我幡然醒悟，我要存在和超越。

我们这一群，在漂泊中成长，
炫示着生活和欢跃的权利，
将快乐和幸福相结合，
将所有这些都视为神赐。

蟋蟀和鸟儿留在家里。
孩子、狗、浅色的猫和我
来到户外，在生活的市集
完美地展示各自的绝技。

我们曲折地绕过水洼和沟渠，
心头牵挂着面包和牛奶，
什么让我们更空虚，什么比这荣誉
更滑稽？得到它却轻而易举。

温暖的九月，空气软绵绵，
每个人都忙着放学和下班，
金灿灿的笑容将我们
撒落在“机场”地铁站旁。

1968年

祈求

别为我哭泣——我会活下去
像幸福的乞丐、善良的苦役犯
冻僵在北方的南方人，
像害痨病而又凶狠的彼得堡人
在疟疾流行的南方活下去。

别为我哭泣——我会活下去
像登上教堂台阶的跛足女人
脑袋耷拉在桌布上的酒徒，
像这位涂画圣母的
蹩脚的圣像画匠一样，活下去。

别为我哭泣——我会活下去
活得像那刚学会识字的小女孩，
在晦暗不明的未来
她会像个傻子，知道我的诗

我的棕红色刘海。我会活下去。

别为我哭泣——我会活下去
活得比仁慈的护士更仁慈，
纵情，一如战士赴死前夕，
活在我的星星底下，无论如何
都要闪烁星辉，而我会活下去。

1968年

这是我……

给叶·尤和弗·米·罗塞利斯[1]

这是我——午后两点
接生婆收获的战利品。
我的头顶弹拨着竖琴。
仙女的魔法棒弄得我痒酥酥。
一片金晃晃的光晕
唯有心灵才能领悟——这是我
在战前酷热的夏日
环顾生命的美景。
“肆虐的暴风雪……”[2]和摇篮曲，
我染上生活的恶习，唉——

1 此处为弗拉基米尔·米哈伊洛维奇·罗塞利斯（1914—1999），文学评论家、翻译家；叶莲娜·尤里耶夫娜·罗塞利斯（1916—1995），翻译家，为弗·米·罗塞利斯的妻子。

2 引自普希金《冬天的夜晚》。这是诗的第一句，直译为“暴风雪用黑暗遮蔽天空”。

这就是我，行将毁于战争，
在乌法[1]阴郁的照看下。
冬天和医院多么苍白！
我发现，我并没有死。
云层里是替我死去的人
那一张张模糊的面孔。
勉强从痛苦中抽出身体，
连同发青的寒碜的小脸，
这是我，在巨大的预感中
听见比声音更微小的声音。

直到后来，我开始审视
倾听的习惯，如浪花涌溅，
无名之物与心灵命名的
事物交相呼应，
这是我——我的紫罗兰的盛装，

1 乌法为俄罗斯联邦巴什科尔托斯坦共和国首府，位于乌拉尔山脉西南侧。第二次世界大战期间，这里曾是苏联人员疏散的后方。

我傲慢，年轻，体态丰满，
但诗人们临死的笑容
我已让嘴唇学会了适应。
犹如心与心之间的战栗，
词与词之间也有一场游戏。
只需要采取古朴的方式
用花体字勾出它的轮廓。
“做词语的新郎和新娘！”——
这是我在说和笑。
俨如荒僻乡村里的神甫，
我为它们的联姻主持圣礼。
随后是一群仙子，一掠而过
洒下她们的笑声和细语。

哦，额头和脖颈上歌手般的凸起，
使我显得与众不同！
我爱这差异的标志，
我的手法则像年轻的猎犬，
急切地扑向前方的猎物，

眼看追上了，心却已冻僵。
这是我在咒骂和哭泣。
透过缝隙，人们的言语在窥望。
上天对我下达使命——

我不可能完成。
我用挽具摧残脖颈。
别人如何编织文字——
我不知道，我没有力气，
不善于也不能，放过我吧！
过往的行人何其相似。
冬天一起风，就到了时候，
我们又该把头脑里的灵感
转向关于童装的思虑。
这是我——一个不起眼的人，
我是所有存在者的孪生姐妹，
电气火车行驶，我昏然入睡，
一张不漂亮的脸伏在提包上。

我从未经历太多的成功，
感谢上帝，我也没有机会
成为功勋人士或者比我在
尘世间所有的邻人更富足。
疲惫的血肉同胞，
还好，在商场、电影院和火车站
在他们通往收款处的长长队列，
我排在最末尾——
前面是一个彪悍的小伙子
和一位戴绒毛围巾的老妇，
我与他们汇集，像词与词
汇集在我和他们的舌头上。

1968年

“别了！别了！我将从额头上”

别了！别了！我将从额头上
抹去回忆：温柔湿润的花园
沉浸于绚丽多彩的风光，
仿佛沉浸于重要的公务。

别了！一切都会烟消云散：
花园和房子，心灵和心灵
隐秘的纠葛，爱的长吁短叹，
为那一株露台旁的忍冬。

在附近的花园，在房子里，
忍冬散发出一缕缕幽香，
使人心头涌起连绵的感伤，
恍惚间联想到普鲁斯特。

举目凝望，犹如望着火焰，
直到双眼昏沉，烟霭朦胧，
再把沉思转向身边的树丛，
就像阅读一本奇妙的书。

我们两颗心之间，缭绕着
迷雾！忍冬和潮湿的雾气，
绘画、花园和斯万——
与同一种伤痛联系在一起。

花园和斯万交替浮现在面前，
我看见绿色衬里的礼帽
贡布雷的落日，又听见
外祖母满含深情的声音。

别了！但还有多少书和树
把自己委托给我们保存，
让我们以离别的怨恨
将它们埋入死亡和寂静。

别了！你和我无疑也是
残害书和树木灵魂的人。
我们将遭受两个人的毁灭，
没有怜惜，了无生趣。

1968年

回忆雅尔塔

给布拉特·奥库贾瓦

这天，大地上迎来了节日。
所有人走出家门，共同欢庆。
给我留下黑暗中的两盏灯，
守在悄无声息的池水边。

从石膏中诞生的死寂雕像，
也在守护水的梦，它头顶
不是蝙蝠，就是基路伯，
露出一副痴傻的笑容。

我们两个显然是近亲——
置身于讥讽和厌恶之间，
它用嘴唇的意义和徒劳的激情
温柔而又滑稽地模仿我。

在底下的海港，在那时辰
始终闪烁着苍白的星辉，
无法治愈，也无法熄灭——
召唤着船只，让它们通行。

爱火在燃烧，爱情被传授，
这是午夜亲手描绘的画卷。
人类狂野地分成男人和女人，
我再次为这一事实而惊叹。

此时此刻，月亮多么璀璨，
炽热的月光使眼睛盈满泪水，
我多想像所有人一样活着，
或者像石膏孩子，彻底死去。

我与他人保持适度的相像，
但不能撮合笔墨和纸，
可我更愿为爱的伟大琐事
天真地在峡谷里哭泣。

我坐下来——面对窗外的星
哀伤的灯，面对杯中的花朵。
喧嚣的盛典有意讨好我，
却不会带来一丝安慰。

1969年5月9日

黎明前的时光

蜡烛和诗稿，请救救
黎明前珍贵的时光！
在舞台背后濒死的幽暗中，
现在轮到我挺起胸膛。

像赤裸的马戏演员飞向穹顶！
可我只有一次未曾说谎：
我敬重专注的天花板，
推崇清白的纸张。

我不善于强颜欢唱，
但是也有另一种可能，
我会从狭窄的领口
痛苦地抻出脖颈。

无论我碰到怎样的厄运，
都没有谁能出手相援。
我知道这选择多么凶险，
当我从幕后走到台前。

失去您的爱，我只能
更快、更痛苦地死去，
假如我听从您的手掌，
我会视为自己的功绩。

不知后世把我的遭遇
称作奇妙还是可怕，
哦，但愿不再渴求赞誉，
重新回到熟悉的不适。

我将活着在世上醒来，
人世间将永远只有
一群狗和一些孩子，
比我更可怜，也更自由。

60年代

仿作

未来的蓝图勾勒完毕，
重大的时日适合歌唱，
四个令人惊异的水手，
与我一道泛舟在海上。

我愿耗尽目光，凝望
这四个英俊潇洒的伙伴，
而无须怀有任何疑虑：
心灵喟叹，创造出话语。

在天空和海水的垂怜下，
从深渊到深渊，我们安然无恙，
为结束一场无谓的争斗，
我们漂泊，不知去往何方。

我们在沉默中抵达陆地，
暂时幸免于死亡的威胁。
但总有什么在世上死去，
当我们上岸，各奔东西。

你的水手覆亡了，阿里翁[1]。
我的则摆脱了残暴的命运。
但我垂下额头，一双手掌
被孤独的荣光深深灼痛。

我为所有人惋惜，可我宁愿
独自承受暴风雪和雪崩。
我不会用奇妙歌声引诱海豚，
也不为获救而张开口唇。

---

1 古希腊诗人和歌手。传说他在乘船游历时，船上的水手图谋杀害他，劫取他的财物。他请求水手们准许他唱完最后一支歌。唱完，他投身入海。一只被他的歌声迷住的海豚救他上岸（一说是阿波罗打发海豚营救歌手，一说是阿波罗亲自变成海豚去救他）。这一传说启发了许多诗人和画家的灵感。普希金于1827年创作的《阿里翁》即是一例。

为什么？没有他们哪有我。
不必责备和埋怨。遗憾啊
独木舟沉没，它的残骸里
只有我们的名字永不分离。

60年代

“我曾徘徊于存在的边缘”

我曾徘徊于存在的边缘，
恍惚间，我感觉身体里
有个阴影，悱恻缠绵，
将我的生命挤到一旁。

无人知晓，唯独白色诗稿
注意到，为了创造言语
我点燃蜡烛又将它吹熄——
我不愿离开烛光而死去。

我痛苦不堪，越来越接近
痛苦的终结！我沉默不语。
而这无非是一颗脆弱的心
将另一个不同的时代寻觅。

我开始生活，还会活很久。

但今后只有未经我歌唱的事物，

我才称之为尘世间的苦痛，

其余的，全都叫作幸福。

60年代

“他们相聚，开始交谈”

他们相聚，开始交谈，
严肃的话语持续了许久。
我望着莫斯科河右岸
奇迹般幸存的小小庭院。

为了重现昔日的美观，
旧教堂需要全面修缮，
眼下，翻修却举步维艰，
难免造成损伤，引起争吵。

穹顶昏暗，无法尽显雄姿，
还不是欣赏的时候，
但已有兴致勃勃的客人
在石头院落里漫步游览。

我坐下来向窗外张望，
因拙于生活而苦闷忧郁。
“黏合剂”一词，让人
不由得为生活失声痛哭。

身处锐利的塔尖附近，
顽强的庭院如何保全，
连同一片完整的绿茵
以及遮蔽角落的接骨木？

石缝里丛生的苔藓
油漆工们醉醺醺的口角，
变成了我的期盼，
像兄弟的消息一样鼓舞人心。

身为莫斯科院落的儿女
我宣布：我的期限尚未终结。

在“四十个四十”[1]之间
灵魂的钟声尚未停歇。

哦，一连串白石筑造的
名字，烙印在我心里，
被我背得滚瓜烂熟——
马罗谢伊卡、瓦尔瓦尔卡、奥尔登卡[2]！

我活着，像古老的砖石。
岁月之雨浇淋、浸润着我们。
一位远古时代的工匠
带我们登上金色蛋黄的黏合处。

---

1 “四十个四十”意指“一千六百座教堂”，系虚指。十月革命前，莫斯科教堂数量近千座之多。另据考证，此处“四十”按字面音译为“索罗克”，是古罗斯时期一种度量单位，意思是容纳四十张貂皮的袋子，从16世纪后期开始，长老团或教区被称为“索罗克”，每个“索罗克”管辖大约四十座教堂。

2 莫斯科历史文化中心区的几条街道。

这些院落的生命多么坚韧，
或许我也将完好无损。
否则，油漆工就会赶来。
然后带来那异乡人。

1970年

“怀着世人所能经受的忧郁”

怀着世人所能经受的忧郁，
他从清晨开始回望周一，
在冬季的半梦半醒之间，
在一如昨日的命运之地……

他原本以为，有位宗师
高居在空旷的天穹，
会发现他沉睡的灵魂，
会使它获救，向上飞升。

但梦境间接的作用力
天体的运行和国家的争端，
并没有给他卑微的磨难
带来任何改观。

他喝了一口瓶装的牛奶，
却使夜里发作的头疼
更加剧烈，需求的念头
似一股潮水涌入脑海。

他想知道，为什么有人
比他的母亲和父亲更早，
在他的摇篮上摆好星星
和芦笛，抚摸他脸颊？

又在眉头上划出灼痕，
微笑着，消失在远方。
众人循声跑到他床前，
然后毕恭毕敬地散去。

周一，黯淡的黎明，
他凝视着破碎的镜子，
他看到钻石般的印记
已经愈合，长出了野草。

……始终怀着莫大的
无可排遣的忧郁——
我朝幼儿园方向走去，
一个孩子跟在我身后。

幽暗天空一片绯红。
点燃未来时日的人，
暴风雪的头领，日出的主谋，
你跟我有什么关系？

一道静谧的光回答我，

那光或微笑向我提示，

我依然年轻且不失柔情，

我将踏上明亮的雪地，

就在附近，在转角处，

未知的命运等待着我。

我的额头上闪了一下，

路人跟在我身后看了一眼。

1971年

慢

给娜杰日达 · 雅科夫列夫娜 · 曼德尔施塔姆[1]

我发觉生命不长久，随时
会中断。但不该有的事情
无可回避，只是忙乱的时日
还未到来，还有时间慢下去。

原先我总是焦虑又匆忙：
今天的存在是否还会重现？
我经常把蜡烛送上刑场，
只为了夜的虚妄的意义。

曾经以为我是何等明智——
简直无人能及。雪花飘飘。

---

1 娜杰日达 · 雅科夫列夫娜 · 曼德尔施塔姆（1899—1980），作家、回忆录作者，诗人曼德尔施塔姆的妻子。

这些时光逝去，只剩一截
凸起，标志着中指的辛劳。

我阅读指间的收获——仅仅
出于寂寞，却不会动情，
对了：谁年轻——谁就可爱。
可我也有过年轻的风采。

我忙过了头，虚度一生。
浅显真理的潮水涌向心灵。
良知的方式已然选定，
它如今不再取决于我。

这一瞬、这年代将自行来临：
偶然的意义、愉悦、巅峰……
唯独欠缺老年。
其余的都已完结。

1972年

登上舞台

我来了，我要说：这场雪如何
轻盈地从天空飘落，取悦二月，
我就如何轻盈地登上舞台取悦你。
请别相信我，当我这么说。

哦，我习惯了你的注视似灼痕
楔入肌肤，这既非初次，也不新奇。
我的声音似雪花落在你脚下，
它像雪一样也会死，会化作污泥。

我病了！浑身乏力！我要颠覆
从那病床转向舞台的命运。
额头太冰冷！肩胛骨里太恐惧！
哦，谁能前来把时间延长！

沿厄运边缘和钢丝的锋芒——
舞者，起舞吧，直到从半空坠落。
我知道我会死，但总该醒一次。
每次都这样。现在也不例外。

我为追问的眼神耗尽一生，
还要将生命奉献给听觉。
而大厅里我爱的人始终平静。
我自身难保，但不能使他蒙羞。

虚妄的冒险，莫名其妙地
使我一无所有，当我从中苏醒，
却有人会说：她曾经是演员，
有人会说：她曾经是诗人。

喉咙因语言流血而痛苦不堪，
幸亏我已经逃离幕后的黑暗。
你们俊美的面容融为一张人脸，
越来越清晰，越来越醒目。

我要把笨拙的姿势变成鞠躬，
不再惋惜自己的词语和苦难。
它们是否能满足你的小幸福？
不求永远，但愿一瞬间，一瞬间……

1973年

“别再谈论爱情！而我对爱沉默”

别再谈论爱情！而我对爱沉默，
夜莺早已不在喉咙里栖息。
在那空洞的天空有一团火，
但即使在月夜也别谈论爱情！

我习惯了一轮明月悬在头顶
为更强的劳动，为激发沉思。
今晚的月亮却带着虚妄的魅惑，
阿尔巴特街绵延如白色沙丘的荒漠。

姐妹—诗人—歌手，低吟着爱情——
双眼乜斜，半开的嘴唇露出浅笑。
透过浓郁的月色，多么清晰地
耸起神的殿堂，门却紧紧关闭。

在林荫路尽头，尘世的水面近旁，
可怜的果戈理多么孤独和瘦弱。
世界上空未曾有如此绵长的月光，
眼看它就要消逝。别再谈论爱情！

我活了这么久，心也变得迟钝，
却挨过了与生活阴雨天的抗争，
在它深处，还会有鲜活的力和柔情。
月亮下那两个，难道不是你和我？

1973年

“时钟敲响，宣告秋天来临”

时钟敲响，宣告秋天来临：
苹果比往年更沉重地
坠落——落下多少次，
果园里就有多少果实。

谁声称钟表不会停顿，
因为这音乐清晰又庄重？
果园展开勇敢的行动，
但又像是没有动静。

在忧伤的自然界，爱与亲情
表现得越来越深，仿佛你——
不是偶遇的证人，
是这场庆典的主人。

1973年

“又是九月，幽暗一如往昔”

又是九月，幽暗一如往昔，
傍晚时分，寒意越来越浓。
我怀疑这是神秘的花园：
我觉得好像有人在走动。

幽灵栖息在四周，这不会
让我更害怕，只会更愉快，
在这仁慈的秋日，无论谁的脚步
我都视之为朋友的步履。

无人可以问询：是否该把
草和空气写入诗稿——连同
最后的露水，而狂暴的黄蜂
已把空气卷成可见的螺旋。

另一个问题是：谁的凝视
曾经抵达月亮，又经过
一条回返的月光之路，
在大地上与我不期而遇？

任何被月亮夺取视线的人，
都会怀着爱慕抑或怨情
用死后的眼神，自由地
审视另一些人，另一些岁月。

是否因此，它赤裸的岩石
才尽显华美，对我们百般折磨？
哦，我知道，谁比众人更专注，
用两只瞳孔为它镀上银光。

我坐下来，暗中倾听花园，

为永恒将窗口微微开启。

而普希金无可遏止的目光

灼烧我脸颊，彻夜不息。

1973年

演出前夜

今夜当你还在沉睡，我希望
自己像骑士，在黑暗中巡视。
我知道为时已晚，舞台上的死
和速朽的事业，已无处逃避！

手在白纸上无辜地移动。
书写，即是为某人暗自祈祷。
做戏式的歌唱——错在欺骗，
这既非我所能，亦非我所愿。

但我对你意味着行骗的便利。
我是标志，是往昔和索罗季[1]的暗示，

1 俄罗斯普斯科夫州境内的小河，普希金外曾祖父阿勃拉姆·汉尼拔的封地米哈伊洛夫斯克村就坐落在这条河沿岸。

仿佛玛丽娜和安娜[1]安然无损，
文学和良心也坚不可摧。

在我笨拙而纯洁的喉咙里，
有过俄罗斯古老词语的泛音。
我是尚未重启生活的诗人们
暧昧的、不起眼的幽灵。

为此，我被赋予这般柔情，
假如更猛烈，它会致人死命。
我只是一个微不足道的人。
我是现代封皮里老旧的动词。

哦，只因心灵诚实又清醒，
一面祝福，一面忍受煎熬，
对仁慈抑或惩罚不加选择，
我才暂时拥有生命和活力。

---

1 指玛丽娜·茨维塔耶娃和安娜·阿赫玛托娃。

但你我之间似乎情况不妙，
在我和你以及所有生者之间。
沉默是否会让我们更容易
保持口唇清新而非虚伪？

如果不可能，如果你乐意，
请带走我的声音，最后的声音！
我将永远善良，自由不羁，
直到我离开你许多年以后……

1973年

相片

青春和荣耀的笑容
略带威吓，但不骄横，
由于慵懒或为了解闷，
像摄影师吩咐的那样端坐。

在天空永恒的童年，
在奥斯佩达莱蒂[1]，
一二年四月发誓
只给她幸福和夏天。

双手交叠在膝头，
透过蕾丝的光环向外看。

---

1 意大利因佩里亚省的海滨度假地。1912年阿赫玛托娃与丈夫尼古拉·古米廖夫在意大利北部游览，去过包括奥斯佩达莱蒂在内的许多地方。

咔嗒一声，她未来痛苦的阴影
锁进相片的牢笼。

借助“雅季”[1]，她与
温润的四月融为一体，
仿佛被石化的琥珀包裹，
她就不再遭受侵害。

在世纪尽头，一位
迟来的证人会发现，
那柔和又有棱角的侧影
永远保存在光束中。

盛装的女士多么娴静，
从她清秀的外表和脸庞

---

1 1917—1918 年正字法改革前教会斯拉夫语及古俄语字母“ѣ”的名称，改革之后废弃不用。现代俄语里的“四月”（апрель），按照古正字法拼写为“апрѣль”。

读到关于天赋的消息，
就像读一本书的名字那样简单。

谁在恳求，将这悲伤的
纯洁无瑕的标记
这额头和这一绺额发
作为礼物赠给自己？

她本人如何看她的肖像？
她会随意地耸耸肩！
用心写下："奥斯佩达莱蒂。
一二年四月。"

大地清新，时间尚早！
未来的日子，请给她宽延！
让她写完："安娜·
阿赫玛托娃"，再打上句点。

1973年

“我羡慕她——年轻”

献给安娜·阿赫玛托娃

我羡慕她——年轻
清瘦，像战船上的奴隶：
比后宫女奴更火辣，
点亮金色的瞳孔，
凝视着两道霞光一起
燃烧在涅瓦河水面上下。

之所以叫这个名字，
是因为她自己想要。
边境和疆界的侵扰
和不请自来的东方政权，
就这样——抵达断肠草的北疆，
忽然间——祸及波斯丁香。

但她和我名字的相像
离不开苦难的绝境，
只要她带着讥嘲瞥一眼，
我的脸就像被暴风雪扫过。
我该怎么办——难道
像别人称呼我一样自称？

我羡慕她——年轻
直到悲愁，却又把头
垂向手掌，直到痛苦不堪，
我羡慕她——鬓发斑斑，
当两道霞光在涅瓦河水面上下
尚未中断相会的时候。

是的，她像沉重灰白的钟，
以先知的听觉回应呼唤：
不是谁的呐喊，就是星星
和星星琮琤的鸣响，

她有妙不可言的嗉囊，
贮满人间罕有的歌声。

我羡慕她——根与根之间，
天堂和地狱的赤贫的俘虏。
哦，但愿我也能如此富足，
让余生的美好都归我所有！
可我知道，那是怎样的代价
为注定成为她，而不是我。

1974年

“我爱你们，世纪的美人”

我爱你们，世纪的美人，
因为你们莽撞地冲出大门，
因为生活的权利：吮吸花序的生命
将野兽的死披在肩上。

因为软体动物紧闭心扉，
不愿交出一生的宝物，
打开和取出，正是珍珠简单的
存在方式，在舞会吊灯辉映下。

似乎少有抑扬格和扬抑格
倾注于你们的灵魂和肉体，
在别人的爱情苦役中老去，
哦，我为此翻译了多少首诗！

你们的任性、脖颈、嘴唇、脸颊，
狡计和恶作剧的奇异混合物——
我全都唱过，如今我们扯平了，
我最后一次为你们祝福！

了解我的人知道，他根本
就不了解——而是会相信，
在女人面前，我整个人生
直到今天，始终站得端正。

是否坐下来，安静地哭一场？
我无能为力，我是说，无力
成为我自己，成为家族的头领，
收留野兽和孩子。

厌倦了充当无性别的怪物、
朋友、兄弟、媒人、姐妹，
对动词时而敌视，时而温柔，
在我变成草和松树之前。

出租店里借来的打字机
逐字逐句的译文和别的工作
我都不想要！我要变得富有，
无知、漂亮，性情高傲。

我放弃才华，甘愿做一个
会变形的鬼怪，撑着粉色雨伞，
头戴雪纱蝴蝶结，手挽浪荡子。
什么是抑扬格——我才不想知道！

去蒙骗耍滑吧，我的浪荡子，
别磨蹭！我要躲开你的失明，
我有十足的派头，而且善于
嘲弄——我是我朋友的友人。

唉，美人，这一切都不真实！
我深知——你们相信言辞。
难道我会把美人抛给那浪荡子？

你们可不适合做他的女友。

我喜欢你们飞一般的步履，
说着笑着，掠过我身旁。
但凡诗人，其永远金灿灿的
女性本质，都是神圣的烛光。

但愿我也拥有你们的权利，
像你们一样，活得尽兴！
但有谁像我，站在你们面前？
但有谁像我，敢把你们颂扬？

1973年

关于普希金的小型叙事诗片段[1]

1. 他和她

他怎生模样？像在非洲，褐色的
鬈发，像在本地，在你我的北方。
每次恋爱都危险，出言不逊。
每到春天就阴郁，萎靡不振。

受屈辱时很可怕。忌妒心强。
莫斯科人氏。血脉——起源于
异域的烈焰，那里沸腾着尼罗河。
脉搏——狂跳。似尼罗河水奔涌！

---

1 这首诗写的是普希金诸多情史中的一个片段。诗中主人公为卡罗琳娜，她的父亲勒热武斯基是俄罗斯基辅省首席贵族，普希金 1821 年被流放南俄来到基辅时遇到这位嫁给索班斯基的贵族女性，为她的美貌而倾倒，后来二者曾在敖德萨和彼得堡相遇。普希金的名诗《我曾经爱过您》和《我的名字对你有什么意义》就是写给卡罗琳娜的。

可别激怒他：他必定展开追杀。
一旦动怒，脸色就发黑且苍白。
当铁器伤及腹部，危及生命，
就只有呻吟和呓语，但不畏惧。

那一副怪异的眼神，眼白
比瞳孔放光需要的白亮更白。
而手艺的黑人在林荫路上游荡，
像自在的浪子。就这样遇到她

在空寂的林荫路。她的芳容吗？
宛若天人！他愣了神（凶险的样子）。
索班斯卡娅（勒热武斯基的女儿，
但早早嫁人。丈夫——索班斯基，

不够狡猾，也没什么名气，
沉默寡言，相貌平平倒也无碍。

时光荏苒，想不到维特伯爵[1]
会将他欺瞒，遮蔽他的风采。

此乃后话)。时值一八二三年。
敖德萨。流放与自由一道降临。
他这发狂的奴隶，一如既往
桀骜不驯。当年他二十四岁。

她名叫卡罗琳娜。哦，女巫，
浑如大自然幽暗壮丽的现象!
此处正好有封法语信的草稿，
由我本人几乎逐字翻译。

2. 他——给她

(1823 年 11 月，敖德萨)

---

1 与卡罗琳娜·索班斯卡娅公开同居的沙俄军屯长官。此事发生在卡罗琳娜嫁给索班斯基之后不久。

我不愿以书信伤害您的感情。
我愚蠢（画掉）……太不识趣
（画掉）……我的智力衰退。
我不年轻（画掉）……我还年轻，

但我把您的离去等同于人生
惨痛的结局。我心情压抑
（画掉）……妩媚为您增色
（画掉）……妩媚配不上您的容色。
每次见到您，我都觉得自己
荒唐，沮丧，无能，但请相信
我（画掉）……您，
哦，我多么爱您（永远画掉）……

1973年

别墅韵事

这是乡间别墅一段韵事。
它从十月开始，当时
冬季的结晶还不醒目，
只在晨曦中隐约可见。
而他，幸福地爱着
秋日的绚丽与忧伤，
成了我视觉的猎物，
心灵的俘虏。

前不久，我善良可敬的
邻居死了，他的遗孀
租出了住房，去外地
度过她短暂的余生。
于是出现了兄妹俩。
傍晚，透过别人的窗口
他们不为我所知的生活

闪烁着柔和的星辉。

在客套的邻里关系中
我们各自等候冬天，
但又怀着隐秘的好奇心，
有意无意地进行交流。

每当太阳和松树
相遇在我的笔记本旁边，
妹妹就踏过积雪的小路，
匆匆赶往车站。
我爱上了用目光追逐
这快步的行走，
她的笑容清新如雪
绵延在整个瞬间。
哥哥是自由人，用不着
比日头起得更早。
“他是谁？”我暗想，“艺术家吗？”
可是又懒得想下去。

这个冬天，我习惯了
早上看见他们的脸，
也知道哥哥出门
从哪趟电气火车迎来妹妹。
我观察兄妹的嬉戏，
打雪仗，夜幕下的灯光，
了解到他们是美好的人，
至于究竟是谁——有什么关系？
我专注地凝望他们，
就像探究外文书的奥秘，
想到他们，我就备感愉悦，
胜过公开的相识。
我在蒙眬睡意中
描绘他们曼妙的时光，
将他们的形象定格在花坛
荒园和旧日的雪地。

春天，我们走近对方——
不算亲近，相见次数也不多。

他们的面容如此清秀，
谈吐如此高雅。
日落时分，我们在椴树
和长椅的花园里小坐。

当兄妹两人分别独处，
我是多么欣赏他们！
我回到家，望着月亮
直到曙色微明。
倘若这不是一场悲剧，
那我就完全是可悲的。

时值八月，两位邻居
受不了天气的燠热。
他们来了，哥哥说："我们要走了。"
"我们要走了"，妹妹说。
我们相互道别——举止得体，
谈不上热情。红酒一饮而尽。
他们离去。天暗下来。

他们的钥匙留在我手上。

随后哥哥就来信了：
“恕我冒昧，对您如实相告：
我再也不可能回到
寡妇的家，跟您做邻居。

我头脑简单，见识短浅，
岂能触碰雪地上您的足迹？
时至今日，我的手掌
依然散发微光，
仿若有毒的磷
侵入我内心……”——凭借
诗人的感伤，我意识到他是同行，
不免几分落寞……
尽管如此，
我还是要用我的脚步
唤醒不再响动的台阶，
当我走进隔壁的屋子，

独自抚弄那些光影，
出于某种神秘的臆想
我上好闹钟，
在深夜里坐了许久。
兄妹杳无踪影。只有百叶窗
吱嘎作响。我仿佛看见
他们遗忘的书在夜色中
伤心地闪着智慧之光。

秋意阑珊。真是秋天？是的，
那是秋天，那是光，是黄昏来临。
“可哪有浪漫韵事？”读者会问——
此处没有主人公，没有爱情！

同时——应有尽有！四面八方
十月愈渐盛大，这说明
那个幸福地爱着
秋日绚丽与忧伤的人，
正沿着平时的路

迈向我的蜡烛的热切呼唤。
古老的花园凋零了，
由于失血的爱
心变得麻木，纷纷落叶
坠入火堆……妹妹的哥哥，
永别了！夜月之下
另一个发狂的情种
将穿越黑暗，来到我的家，
他的步子很轻，
对新结的冰不算是负担。
假如非要说：我爱！——
那当然是对他
而不是对别的什么人。

醒醒吧，好奇的读者！
该大喊一声：他这样
惨遭谋害，又似月光
痴情缠绵的人，
怎么会爱你？！——

绝对不会。

我想撒谎却说不出口，

无论真相令我多么痛苦。

我担心，他爱的是

写诗的兄长的妹妹。

我爱着，她被爱，

这便是情节可怕的转折。

唉，我明明觉察到

她像安娜·凯恩[1]一样羞怯！

在我们伤感的相聚的时刻，

我告诉他："你死于

恶人之手！我的生命

我的爱让你重获新生！

如果你是这样的话，

我就送你回到世代的黑暗！"

---

1 安娜·凯恩（1800—1879），普希金于1819年在彼得堡舞会上认识的女性，1825年两人再次相会。普希金为她写下经典名诗《致凯恩》。

他一言不发，心想：
“难道她偶尔
也写诗？”不禁感到乏味。

就这样，千百年以来
我们全都爱得不合时宜，
两颗心徘徊，迥然有别，
两条孤单的船也不相同，
我们用爱的巨大伤痛
满足贪求无厌的诗律。

1973年

“话说那些女孩，稚气的肖像”

话说那些女孩，稚气的肖像
将野性的目光投向我们：
像新兵，像新出道的诗人，
端坐着那些剪短发的女孩。

一群怪物啊，面目模糊不清！
她们只听从——星星的怂恿。
别信她们的蕾丝花边和刘海。
刘海下是额头。花边下是尾巴。

她们并不情愿，却故作老练。
爱情的傻瓜偏偏想坠入爱河。
严厉得像但丁，却显得像淘气鬼。
夜色的窃贼，暗自说“我怕！”

非凡的男子汉！请让她下地狱。
摧残她，抛弃她，自责终生吧。
你可真愚蠢！她只是需要
让她受煎熬——别给她喂面包！

你对她的背叛比抚爱更自如。
假若你知道，当你将她揽入怀抱，
她会大声宣扬，你是何许人，
多大年纪，未来还有多少年。

谁曾活在人世间且身为男性，
谁就深知命运强大，一到早晨
就唤醒我们：喉咙里的词语干涸，
要重新生活，因为黑夜已逝去。

睡梦中的她却把眼皮闭得更紧——
既然身在天堂，你的地狱算什么？
她翱翔着，掠过太空最高处
你的效劳，你的债，你的罪，你的家。

可是——时候到了。羞耻又痛苦，
冻僵的身体披上旧羽毛的灰烬。
不如归向平淡结局，独自活在
曾经生活和应该活下去的地方。

我们说的女孩，以另一种方式
迎接白天。在起初的幽暗里，
哦，她们的眼神锐利似磷光，
理智强劲的搏动也清晰可闻。

她勇敢地眺望！爱上今天！
昨天的日子对她毫无意义。
一切与你无关。她的灵魂解脱了。
她欣喜地看到，叶子黄灿灿。

她在乎的是声音怀念声音。
你怎样看待她，都无所谓。
说的是痛苦。但这痛苦的等级
你永远也没有资格进入。

你折磨女人，你英勇而任性，
才开过玩笑，就不记得跟谁。
今后你就是光荣的丈夫和斗士，
与劳拉、贝雅特丽齐和凯恩为伴。

沿着十月，沿着博尔金诺[1]小径，
她迈向远方，强忍着泪水——
比女人更温柔，比男人更自由，
替那些女孩和其他人付出代价。

1973年

---

1 普希金家族的领地，位于今天的俄罗斯下诺夫哥罗德州，19世纪30年代，普希金先后在这里度过三个秋天，其中1830年秋天（9—11月）的婚前隐居时期被称为“波尔金诺之秋”，这是诗人一生中最富有成效的创作时期。

等候圣诞树

求求你们，姐姐和妹妹
女儿伊丽莎白和安娜，
不要动弹！还早着呢，
魔法的前夜还没挪动一下！

伊丽莎白和安娜，千万别
催促那一瞬间，要等到
不可避免的奇迹缓缓迈开脚步，
自己追赶忙乱的翅膀。

三套车三只脑袋的影子近了，
普欣[1]从雪堆和冰块旁经过。

---

1 即伊万·伊万诺维奇·普欣（1798—1859），普希金在皇村学校时代的同学及十二月党人，在《致普欣》一诗中，普希金将他称为“我的第一个朋友，我的最珍贵的朋友”。

伊丽莎白和安娜、预感的时刻
和孩子们的年龄合为一体。

发发慈悲吧，残忍的母亲！
好心的野兽，亲爱的来客，
要怜悯伊丽莎白和安娜，
请露出常绿的毛色。

伊丽莎白和安娜，快点儿！
我倾尽所有，把一切还给你们。
我们威风而又活泼的队伍
在关闭的门前等了又等。

就让幸福关起门稍待片刻，
它疲惫不堪，喷吐着火光。
伊丽莎白和安娜，这是怎样的
快乐——痛苦地等候快乐！

一棵树注视着女儿和女儿。

难道就应该为此遭受不幸?

或者说，安娜和伊丽莎白，

就这样我们也能度过新年之夜?

生活、苦痛和这一切——都属于

这夜晚，此刻我们被它的蜡烛照亮。

这是谁呢?

伊丽莎白和安娜在叫喊：

这是圣诞树！这是圣诞树！

1973年

“从未如此美好，无忧无虑”

给鲍里斯·梅塞勒

从未如此美好，无忧无虑，
我走进阿尔巴特院落的雪地，
面前是这番景象：天亮了！
霞光像丁香树丛一样绽放。
不久前院子里还空荡荡，
突然因孩子们变得拥挤和明亮。

爱尔兰塞特犬，欢得像一团火
把后脑勺搁在我手掌上，
小狗和孩子在雪地上嬉闹，
雪球击中我的眼睛和嘴唇，
这小小的意外可真有趣，
大家都开心得笑弯了腰。

此时我多么热爱莫斯科，
我想：我活得越久，
头脑就越简单，心灵就越鲜活。
这雪，这看院人，这孩子的奔跑——
应有尽有，全都值得歌唱，
有什么比这更合理，更神圣？

生活的时日，像活泼的生灵
停下来等候我的关注，
仿佛空气对我也有疗效。
哦，我活着，还不算是运气，
身处这条名为“面包”的小巷
才是我最大的幸福。

1974年

楼房

给鲍里斯·梅塞勒

我向你发誓：我来过这里！
我奔跑着，忘记了呼吸。
远远望见白皑皑的偶像，
我舒了一口气，放慢脚步。

只存在一时的纪念碑，
雪地上人工制造的雪，
像你一样活得短暂，可我相信
我能经受春天的热情。

天真的人群，潮水般涌向
橱窗——迎接节日的到来。
尼基塔城楼敞开了大门，
纷飞的雪花从天上飘落。

多么痛快的飞奔，沿着
梅尔兹利亚科夫胡同——
一颗贫寒的心奔向面包巷，
刺骨的寒风，穿透院落。

我激动不安，预感到
永恒的恶行——走进大楼，
彩绘的藻井油漆斑驳，
显得如此动人和荒诞。

多么轻率，多么炽热
我爱上了这座楼房！
它就像童年的存钱罐，
装满人的命运和善恶。

楼里的住户形形色色
数量不明，因为是节日
一个个喝得醉醺醺，
让我的心备感亲切。

理智想得到怎样的答案，
当它出于善意，窥望着
同胞狂乱的生活、他们
复杂的意义、简单的习惯？

我悄然驻足于这座楼房，
靠着生活和生命的恩典，
使楼里的几位老妇
对我产生了好感。

乘坐忧伤、破旧的电梯
我们一起上楼，说起
年迈的身体多不容易
忍受十二月的天气。

在这十二月，在这个空间
我的灵魂不接受邪恶，
所有人在我看来都很美好，
不可能是别的样子。

对心上人的爱，无异于
对远近每个人的眷恋，
无穷无尽，无休无止地
在胸口、手腕和太阳穴跳动。

走着走着，走廊的幽谷
诱惑我步入更深的秘境中
别人的哀愁、婚礼、闲言碎语，
步入猫的号哭和孩子的呢喃。

我还要——更高，我要去——
天外来客在穹顶下翱翔的地方，
我来过并有过一位画家的地方，
我置身其间，他生活于此。

他的稀奇古怪的物品
像一件件栽培的活物。
它们召开无声的大会，
商讨纯洁的魔法的秘密。

将它们聚拢在一起的人
说不上贪婪，也不算富裕。
犹如忠实的狗或者兄弟，
崇高的事物陪伴着灵魂。

它们从昔日荒废的时光
归还回来，获得拯救，
满怀忧伤而又心平气和地
望着新的忙乱景象。

哦，为发出震耳的鸣响
喇叭口敞得如此之大。
四架未卜先知的留声机
离奇地在幽暗中生长。

我是它们的亲人，行将
死于柔情，当我进入其中，
我也把脖颈弯成弧形，
用同样的姿势低下头。

我像它们一样辞藻华丽，
敞露着喉咙的开口。
年代久远的华尔兹之声
保留在我的嗓音里。

难道不是它们的呼声将我召唤，
难道不是它们吸引我
从可怕之极的爱情迷误中
清醒过来？

爱有多深，就有多仁慈和博大，
对美的含义就有多敏感！
我的城市，像一座新城，
向我呈现自己的特征。

夜晚来临，比伟大的黑奴
更黝黑。我是何等荣幸——
从窗口望见两个阿尔巴特：
过去的那个和现在的这个？

夜幕下浮现紫色的光晕。
瞧那椅子——像任性的怪人。
而画家正在为我画像，
像个陌生人似的打量我。

既然我把富足而荒谬的
安适视为一场灾难，
那就试着用五步抑扬格
赞美我挚爱的面容。

我知道那朴素的真理：
爱——是一条可靠的路，
人类由此前行，
贴近心灵和头脑。

永远不要比孩子狡猾，
不要比花园里的树更恶，
为尘世的生活祝福，
要比为自己的更体贴。

我就这样活过了一冬。
夜色蔓延，宛若丁香。
长笛感伤的旋律
始终萦绕在我心头。

林荫路旁有过一座楼房。
不仅有过，而且一直都在。
为何总是说：我来过这里，
而不说：我就在这里？

依然活着，依然被爱着，
这一切现在全都属于我，
可我又觉得，所有这些
好像很久以前就结束了。

1974年

“今后我会想起，我曾经活着”

给鲍·梅[1]

今后我会想起，我曾经活着，
那是在冬天，雪花飘飘，
我内心炽热，陷入爱情——
爱上了谁？爱的是什么？
在厨子街（如今另有其名）
有一座楼房……整天
整夜，我沉醉于爱情——
爱上了谁？爱的是什么？
厨子街的那座楼房，
那个被称作
画家工作室的空间。
工作把画家吸引到外面的

1 鲍里斯 ·梅塞勒姓名的缩写。

冰天雪地。我等待着
他的脚步。窗外天色渐暗。
今后我会想起，等待的艰辛
仿佛就是生活的目的，
但即便当时，我也把
现实的美妙柔情同未来的忧伤
联系起来……把厨子街的楼房——
同不可思议、不可避免的日子
联系起来，当我回想起它时……

1974年

“我羡慕亘古不变的技艺”

我羡慕亘古不变的技艺
成为女人和丈夫的妻子，
这也是上天对我的眷顾，
可是这一切都落了空。

无情的蔑视，请将我保全，
让我免遭种种福祉的损害，
但你灼热的关怀别去纠缠
两个被马林果弄脏的女孩。

她们笑着，在浆果枝叶里翻找，
突然像我一样，满面愁容。
我像所有人，也想用乳汁哺育，
用蜜喂养，却给她们喂了毒药。

她们脸上是我们共同的标记，
不可纠正，难以置信。
既然有只乌鸦生来是白色，
上帝就不该赐给她小乌鸦。

变白是荒谬，变黑不新奇，
变黑很短暂，变白无止境。
我在众人面前越来越无辜，
我在孩子面前越来越有罪。

1974年

“多么幸福，积雪闪闪发亮”

多么幸福，积雪闪闪发亮，
寒意渐浓，早晨下起细雨，
锡箔泛出奇异、温柔的光，
在商场的每个角落和窗口。

当彩带、金丝银线和亮片
从其他美物的寂寥中升起，
还要再忍受新年前几周的
煎熬——真是绝妙的遭遇！

多么顺利，影子投映在
遍地彩妆的枞树和枞树苗
周围，常青的爱的消息
注入心灵，为奇迹增色。

这些柔情和枞树从何而来，
原本藏在哪里，怎样达成密谋！
像守在梦想之门旁边的孩子，
我忘记守候，门却敞开了。

多么幸福，当需要决定
玻璃球在哪儿点亮才更美，
只有去爱，只有装饰枞树
和观赏这无可言说的世界……

1974年12月

奇妙的诗剧

奇妙的诗剧，请把你自己
裹进天鹅绒，做个好梦。
我与此无关，这事业属于
聪明绝顶的各路神灵。

我只是个俗人，承蒙邀请
前来参与局外人的剧目。
我并不想要！但群星之间
指挥家挥起威严的指挥棒。

奇妙的诗剧，今天演什么
难道是由我们来决定？
钟情于我们音乐的君王
遥不可及，对条律充耳不闻。

他有何指示？有没有天幕

能让我们免遭他暴烈的爱？
完美无瑕的天之骄子，
随意摆弄着蒙昧的竖琴！

奇妙的诗剧，无人能问询，
只有用痛苦代替回答，
当铜管撕裂——为了哀哭，
嘴唇大张——为了嘶吼。

剧终了！灯火不会消逝。
自由了！我告别神圣的枷锁。
简言之，是生与死——
上演了奇妙的诗剧。

1975年

“我曾经死过多少次”

给基亚·马尔格维拉什维利[1]

我曾经死过多少次
或者以为自己就要死去，
我在玷污无辜的白纸，
当我在上面写下文字。

我被生活和欲望折磨，
早晨又担心一切重新开始。
但格鲁吉亚永远召唤我，
使我从困境中解脱。

爱的美妙泪水充满眼眸
也不知是因为什么，

1 基亚（格奥尔基·格奥尔基耶维奇）·马尔格维拉什维利（1923—1989），格鲁吉亚文艺学家、翻译家。

哦，要是你能知道——
那迷人的边疆有多爱我！

梯弗里斯，我不明白也想不到
是多么狠心的父母亲
把我当成大脑袋的弃婴
丢弃到你的门槛边？

梯弗里斯，你没有告诉我
我也从来没有问过：
为何你的馈赠如此之多
你反而对我说“谢谢”？

无论我创造出怎样的生活
从未来的日子，从迷雾中——
若要偿还你的爱，
一切都将是徒劳或太少……

1975年

“我知道一切都会发生”

我知道一切都会发生：档案，表格……
从前有个贝拉……后来她死了……
其实我还活着！我飞到第比利斯，
迎接我的是基亚和舒拉。

哦，但愿往事永远绵延不绝：
炽烈的阳光如暴雨从天而降，
全城没有一座酒窖，基亚和舒拉
没有陪我在那儿喝过酒。

宛若蜡烛，亲切的脸闪闪发光。
我哭泣，红酒浸湿我的面包。
我们离去，但基亚、舒拉和我
还会相遇在梯弗里斯陡峭的陋巷。

我这幸运儿，知道其他人
将在其他时间记住我。
道声谢谢，却是多余：从来没有谁
像舒拉和基亚那样爱上我。

1975年

“我爱格涅辛娜学校[1]”

我爱格涅辛娜学校，
当雪地上的漫步吸引我
沿着斯卡杰尔特胡同
从角落走到角落。

小路像桌布，撒满
宫廷洗衣妇的皂粉。
两侧是我的两个影子——
两匹拖着边套的瘦马。

我爱格涅辛娜学校，
因为胜过散文的歌唱，

1 由莫斯科格涅辛国立音乐师范学院于 1946 年开办的十年制音乐学校，学校的创始人是钢琴家、教育家叶莲娜·格涅辛娜（1874—1967）。

因为像一簇簇含羞草
呈现给十一月的黄色。

厚实的黄色泥墙背后
闲暇时光渐渐黯淡，
是什么发出弯曲的声音
从突然关闭的匣子里？

音乐的伴侣远去了——
音乐在哪里？灵魂为梦想
而熄灭，但我们用灵魂造梦，
音乐并非大声张扬。

它不受弓弦惊扰，
也完全没有被证明，
它的喑哑的物质
不露声色地在做什么？

它以暗中跳跃的方式

在寂静的虎头肌[1]中成长，
它以不为人知的行为
实现了自己的梦想。

我爱夜晚的格涅辛娜学校，
更爱在阳光照耀下，
在早晨的冰面上滑行，
用纤细的网捕捞食物。

我背负着生活的行囊。
一个孩子向往着别处，
与一把大提琴为伴
超然于尘世之上。

透过两颗泪珠，像透过望远镜，
我困惑不解地发现，

1 三角肌的俗称。

无所畏惧的降号[1]
在致命的严寒中起舞。

为保持纯洁，灵魂
需要相信圣殿，那里
某些人稚嫩的嘴唇
永远唱着同一个音阶，

小音乐家就是这样，
总是在我们昏睡时醒来，
带上他的乐谱夹，
在街巷和岁月间独行。

我爱格涅辛娜学校，
当它的围栏一片洁白，

1 即降记号（写作“♭”），是音乐变音记号之一，用于将基本音级降低半音至对应的降音级。

雪的波浪摇曳古船，
传来悠扬悦耳的音调。

我爱它，每当春天
吩咐矮牵牛爬出院墙，
鸣禽从敞开的窗口
信任地望着远方。

我为何停留在这周围？
我们不会用听觉交换听觉：
我的——已深入我内心，
对外面的喧嚣浑然不觉。

我倾听——唯有感伤和刺痛，
又好像——还很轻，轻轻地……
首先是——音乐。但言语
能自由地道出音乐。

1975年

画室里的预兆

给鲍·梅

哦，未来的客人，亲爱的来宾！
这是天堂的屋顶，
只有一座至暗的深渊
超过它的高度，
屋檐下有四架留声机
从祭坛上注视你，
开怀畅饮吧，为这时日，
为留声机，为我！

如今我暂时的缺席
多么离奇——最好
不要想象！追念我的灵魂
花费一个铜子儿也可惜，
假如不能以阴间的说笑
抚慰你丰盛的宴席，

我就不会像博学的维吉尔，
在门口迎接你。

请进入这间非凡的屋子，
这里的生活——与宇宙相邻，
这里的人和物都能感知
瞬息间永恒的寒战
和一颗颗银心的鸣响，
神秘地宣告
穿堂风越过
外地来客曾经驻留的空间。

在去往髑髅地的山脚下，
请相信我的话语，
等你把自己带到
第六重之上的山巅，
要祝福每一件小事，
祝福几乎从未有过的事物，

可别让手摇风琴的童心
害怕你。

窗外是否会有残阳闪耀，
音乐盒是否会哭出声，
或者，悲戚的北方的幽灵
蓦然撩起白发丛中一缕金发——
但愿房子在寂寥的苦海上空
飘浮，像脱线的气球，
好让你，哦，我纯真的客人，
造访天堂里的异乡……

1976年

纪念海因里希·涅高兹[1]

说什么——音乐吗？为什么？我并非
苦行者。我找到一切，胜过一切。
但我难以活在这多余的声音里，
哦，我的苦中之苦，哦，我的音乐！

两种音乐即是过剩。我能有一种足矣，
我为之而来，为之生，为之死。但
万事归于一。有多少，就有多痛。
别人的——可别触碰，哦，我的音乐！

管风琴的锋芒需要什么？面对管风琴
我知道十字架的刑罚和受难者的传说。

---

1 即海因里希·古斯塔沃维奇·涅高兹（1888—1964），著名钢琴家、俄罗斯钢琴学派奠基人之一。

哦，音乐，我这一生都在与你争论，
这正是我的双重意义的喜乐和报应。

活了一次，却被杀死两次？不过
这对我正合适。生命小而甜美。
音乐和我之间是心爱的音乐家。
你——后来才是我的，哦，我的音乐。

不，你是他，他是预言了你的轰响，
他向我呈现你道出的那一切。
静如蕨类植物，温顺如传教士[1]
以及——短而锐利、危及瞳孔的光。

我看见脸和某种颜色的天鹅绒——
绿色的，比光泽和祖母绿黯淡：
像水藻或苔藓。因此这里才有

---

1 此处“蕨类植物”和“传道士”在俄语里分别为“папоротник”和“проповедник”，音形相近 x

他的完美，像山坡、丘陵、池水——
多么安静，在白热化的冲突附近。
轮不到我原谅它：我爱那片土地，
那里，歌德和莱茵河，他和音乐——
都很美。我的德意志，我的和谐[1]。

音乐的形象简单，宛若他的笑容。
此处还有：喧哗、高脚杯、庆典，
他那风采非凡的弟子，而我——
无论是何许人，都只是他的学徒。

1977年

1 此处“德意志”与“和谐”在俄语里分别为“Германия”和“гармония”，音形相近。

戏作赠友人

当浅蓝色脉管将太阳穴
疯狂浇灌的时候，
布拉特[1]，请你带上我，
我喜欢你轻盈的马拉雪橇。

马车夫！我难道是雪橇的
常客？快点儿！该回家了，
回到过去。哦，布拉特，
亲爱的杀不死的小兵。

剩下的——自会迎刃而解，
像你说的，一切都好办。
瞧那大厅，圆舞曲溢出窗外。
瞧那舞会，但无人邀请你我。

---

1 即布拉特·奥库贾瓦，参见《冬日的幽禁》。

可我们要进去。在那圆柱旁……
如此黝黑和白皙……这样的爱
谁能承受！那是——**他**。是**他**吗？
不需要知道，也不要看。

何必呢？我们何必进入
他乡的美景，他人的时光？
布拉特，到处都是一样，
布拉特，请坐下！马车夫，快走吧！

漫天飞雪！多少雪花啊！
我多么爱你，我的兄弟！
多么漫长的路，
从彼得堡到列宁格勒。

1977年

“起初你梦见它”

我梦见佝偻的梯弗里斯……

——奥西普·曼德尔施塔姆

起初你梦见它，如今是它梦见你。
你现在的生命——梯弗里斯的幻梦。
这是一座匪夷所思的城市，还在
生前就把自己作为遗产赠给我们。

故土对我们慷慨，让歌唱它的
声音歇息。踏上漫长的道路，
依然有停靠站，只要进入小酒馆，
那里心灵越明亮，歌声就越忧郁。

我垂下头，以我呼吸的空气发誓，
加拉克季昂[1]的灵魂，即是全部，
库拉河之上的城市，比你的仁慈，
在它那里，你的地位不亚于从前。

我们十二月纷飞的雪花越洁白，
那里悬铃木缤纷的落叶就越红。
即使短暂的“现在”让世界变窄，
对于“后来”，梯弗里斯已足够宽敞。

1978年

---

1 即塔毕泽 · 瓦西里耶维奇 · 加拉克季昂（1892—1959），格鲁吉亚诗人。

“你的遭遇让本地及郊外人士徘徊游荡”[1]

你的遭遇让本地及郊外人士徘徊游荡，
比奥菲利娅更苍白，闪露疯狂的眼神。
请回答我们这些目击者，像回答美少女：
这样还是那样？你在你的艾尔西诺如何决定？

愿每个人都能在他的艾尔西诺做出决定。
你馈赠欢乐——你慷慨地馈赠痛苦。
但那提升国人灵魂，使之伤恸落泪的人，
会给任何赠予我们的丹麦增添荣耀。

广场上终于聚起人群，这便是救赎。
他们并非乌合之众，跑来瞻仰尼禄，

---

1 此诗是作者为悼念俄罗斯著名戏剧演员、行吟诗人弗拉基米尔·维索茨基（1938—1980）写下的三首诗之一。1980 年 7 月 25 日，维索茨基辞世，成千上万的莫斯科民众自发组织，送别这位被誉为 20 世纪 70 年代“世界上最优秀的哈姆雷扮演者之一”。

而是兄弟姐妹汇集起来，摈弃庸俗。
倘若全民痛悼**歌者**，人民就不会受伤害。

人民生来就不是无知的，从现今到永远——
不是谬论的听众，也不是小物件的买家。
我们因崇拜歌者而哀哭。英勇的丧宴。
这样还是那样？我该如何是好？请勿见怪。

我爱他，赞美他，他没有推开死亡之杯。
向着高远和纯洁，我们相拥而去。
我们的心被打碎，也不吝惜。唯其如此
才公平。如果不是我们——那又是谁？

1980年8月初

蝴蝶

给安东宁娜·切尔尼绍娃

十月的第十六天是如此暖和，
窗口的热气泛出刺眼的黄色，
就连死在窗玻璃之间的蝴蝶
也中断死亡，为短暂的生活。

不可怕，不寂寞吗？你从姐妹的
命运中醒来，难道不是徒劳？
在巧克力和甜点爱好者中间
数你贪恋世上易腐坏的佳肴。

你在死神之手和冥界昏睡中
如此挣扎，如果我听觉更灵敏，
那就只能像在机场上一样
把头低下，捂住眼睛。

向那松不开、看不见的手掌
交出一丝疼痛、一小撮花粉，
你就飞舞吧，沉浸于鹰的渴望，
纵情闪耀，毁灭并且原谅。

无论是否会死，我都先要折磨
蜡烛和额头：让它们想象——
我是如何祝愿贪婪的活力
从黯淡瞳孔中将生命捕获。

时间到了！微暗之火在窗口
燃烧。眉头的皱纹越来越深。
我写下：十月十六日，星期二——
也是我的蝴蝶的复活日。

1979年

“我们一起开始：工人、我和冬天”

我们一起开始：工人、我和冬天。
工人来给邻居修建带工作间的车库。
团队里的核心人物，是我的熟人
马特维、库兹马和小帕维尔。

我坐在窗前，展开我的虚构，
他们在吵嚷，谴责砂浆强度不够。
小树林和田野的枯萎不可阻挡，
树叶稀疏，周围明亮又宽敞。

冬天匆匆而来。阴冷的九月逝去。
我苦思冥想，却没有什么收获。
如果断了烟草或突然想喝一杯，
他们就让小帕维尔来向我讨要。

我会问："情况如何？" 他笑答："白如煤灰[1]。
不是没有砖，就是拉水泥的车陷住了。"
"真是的，" 我说，"我的情况也差不多。
伤心的饮品，帕维尔，会给我们救治和安慰。"

十月到来了。到处都是普希金的影子，
或者说，只有他还留在脑海和自然界。
在冬天把它的工作搞砸之前，
马特维和库兹马出现在我门口。

"怎么样啊？" 他们说。我说："为了
空洞的想法，还活着呢。" "没关系，" 他们说，
"别难过。你看窗外：我们也三天两头停工。
你该开心才是：没有工资，但也没有上级……"

---

1 戏谑意味的俗语、反话，意思是"情况很糟糕"。

出乎意料——见所未见：十月少有的暖意。
砖和水泥终于结合。奇妙的温暖中，
花草和生物各得其所，花园里忙起来：
有的开花，有的复活，有的刚出世。

莫非向哪位朋友，向南方再三求请，
我们的北方借来这些炫彩、流光和暗影？
愚拙的冬天以它的失误鼓舞了我，
论夙愿的实现，它并不比我成功。

天气依然明媚，黑暗却早早来临。
工程不顾建筑物，眼看就要退场。
普希金，十月十九日我该如何度过[1]？
天色黯淡——归向死亡。友人何在，欢悦何在？

---

1 1811 年 10 月 19 日，沙俄皇村学校在彼得堡南郊（今圣彼得堡所辖普希金市）正式成立，1811—1817 年，少年普希金在此接受教育，并开始最初的诗歌创作。皇村学校的毕业生每年都庆祝这个纪念日。

我的世纪愈渐残酷，我的天赋百无一用。
我愁闷地呆坐在厨房，煮着咖啡。
忽然，有个活物从我脸颊滑向手臂。
我没认出是泪水。干脆献给屈谢利亚[1]。

冬天将自己假期的疯狂耗用殆尽，
一夜之间耸起奇迹般豪华的宅邸。
高得不能再高了，但雪还在下啊下。
看不出如何修建，窗口一片冰封。

我们一起开始。冬天完成了劳作。
擦净玻璃窗：真棒，祝贺邻居乔迁！
屋顶也安装好了，烟从烟囱里升起。
但我还是坐着，还在望着雪花飘落。

---

1 全名为威廉·卡尔洛维奇·屈谢尔贝克尔（1797—1846），俄罗斯诗人，普希金的朋友。

这时，帕维尔、马特维和库兹马前来告别。
“再见了，”他们说，“我们认识你，不是从书上。
写几首关于我们的诗吧，就算是为逗乐。
大家没把你当外人——你可真实在，简直过了头……”

说得没错，谢谢，我也深深爱你，
这片大雪覆盖的平原和道路的居民。
因为所有手工活，因为你醉酒时温和的火气。
还因为，我那几本小书的读者不是你。

他们走了。临行时说：“十一月前准保交工。
跟邻居说说：毕竟是节日，哪怕简单点儿……”
十一月就在眼前。我的微暗之火在燃烧。
没有隔壁的噪声，房间静得像小树林。

究竟何为虚构？爱上建筑的谦卑消息的
那扇窗，同它有什么秘密的联系？

我不知道。
普希金的月亮今天多美好！
漫天白茫茫的月光，一定是在迎接严寒！

1979年

花园

给瓦西里·阿克肖诺夫[1]

我走进花园，但繁华和幽寂
不在这里，在“花园”一词。
词语以盛放的玫瑰之美
滋养听觉、嗅觉和视觉。

词语的开阔，胜过周围的天地：
它里面美好且舒适，在它里面
黑土收养结实的小树，
让它们不再是孤儿。

未知的新事物长出芽苗，
哦，“花园”，你像园艺家，

---

1 瓦西里·帕夫洛维奇·阿克肖诺夫（1932—2009），小说家、剧作家，阿赫玛杜琳娜的好友。

在园艺剪刀的闪光和咔嚓声中
繁育着你的子嗣。

你自由的空间，容纳了
一个不存在的家族的
田庄和命运，还有那
花园长椅凄迷的白色。

你比土壤更肥沃，你喂养
异乡的树冠底下的根茎，
你——心和词语的橡树、树洞
杜布罗夫斯基[1]、邮局：爱和血。

你的浓荫遮蔽的密林
永远黑黢黢，但面对暑热，

1 即弗拉基米尔·杜布罗夫斯基，普希金中篇小说《杜布罗夫斯基》的主人公。“橡树”（дуб）、“树洞”（дупло）、“杜布罗夫斯基”（Дубровский）形成谐音效果。

恋爱中的蕾丝花伞
为什么羞涩地垂下头？

难道不是我，疲倦之手的
冒险家，用砾石染红膝盖？
赤贫而又张狂的园丁，
我在找寻什么，追求什么？

如果走出去，我进入的
又是哪里？五月，泥土坚实。
我来到一片荒凉的空地，
从中读到，生命逝去了。

逝去了！生命匆匆向何方？
它只抿了抿沉默双唇上
一丝苦涩，说了句：一切
都是永恒，我却是片刻。

那一刻，我没能看清自己，
也没来得及好好看看花园。
“我走进花园”，我写道。
是我写的吗？这就是说，起码

存在着什么？是的，不仅存在
而且奇妙，出入花园——并非凭借
行走和脚步。我哪儿都没去过。
我只是这样写过：
“我走进花园”……

1980年

塔鲁萨的月亮

午夜十二点。七月的第十天
归向尽头，第十一天尚未开始。
日期成熟和衰亡的瞬间——
电报机和邮电局将烙印换成烙印，
表格和信封伤心地
沿时间行进。对我来说，
抵达时间、电报机和邮电局的路途
比抵达附近的月亮更遥远——哦不，
那是在近旁飘浮的月亮，烧得通红，
比我和蝙蝠所在的壁龛里
我的人工火更急迫，位置更低——
透过手掌月亮灼痛我的眼睛，
将自己染成美人鱼的肤色，
额头上装点着银饰片，
而磷光识破了猫的面具，
就此成为我速朽的肉身。

我折磨渔夫轻信的头脑，
等到蜡质的星星被点燃，
我在阳台的木塔里飞升，
发光，一如忘我地工作。
出于未知的目的，彻夜
无谓地闪耀着灵魂的壮举，
仿佛有人把装饰的彩球
挂上圣诞树，就离去了。
我这月光的同谋和随从
望着诗行自在地
活在纸上。这种无所作为
比行动更有力，比诗更甜美。
我分享了月亮的艰辛和痛苦，
用尽最后一丝力气吹熄蜡烛，
昏头昏脑地倒向床褥。
我将坠落到生命的地平线下。

1976年

行路人

给阿涅里·苏达凯维奇[1]

沿着一条风景优美的路
我缓步走向阿廖金诺（它
自称为：阿列金诺），
我的心情平和且健康，
连我自己都不习惯，那个
缓缓走过山坡，穿过棘草，
去到阿廖金诺打牛奶的行路人
我好像也不认识，也许他并非
与我同时代的人。他是去那儿吗，
是回头再去，还是正在去，
他被草地和天空吸引
是因为忧虑和思念谁吗？

---

1 阿涅里·阿列克谢耶夫娜·苏达凯维奇（1906—2002），演员、戏剧服装设计师，鲍里斯·梅塞勒的母亲。

我只存在于当下的一刻，
而他——永远是空间的常客，
凭借细窄便鞋的底部
在永恒的坡面之上
完成时间的进程。
天火烧灼的印记，落在
他的额头上，他距离我
越来越远——很快消失了。
我目送着我的灵魂，
像暮色中送别残阳，
不知身在何处，闪烁微光，
不知是现在，还是过去。

从动脉，从粗重的脉搏
和骨骼中我抽身而出，
悬在半空，像一组
被天线拒绝的晚间新闻。

玛尼娅大妈昏倦的话语
将我的思绪打破，
重新蒙上一层迷雾，
然后她递给我一杯
热腾腾的原生的液体。
我坐着。天快黑了。下起雨来。
我又活过来，又成为
远处泛白的纸的债户。
女婿们收拾好干草，老妇人
很高兴。寂静。了无牵挂。
生命和生活的细语流淌，
注入无尽的深渊。
又是那着了魔的行路人
踏进低垂的霞光，
我从旁边久久凝望
他令人费解的奔跑。
他孤单无助又充满活力，

神情严肃地向什么地方行进，

仿佛落日的美丽

也有他一份责任。

1976年

塔鲁萨

献给玛丽娜·茨维塔耶娃

一

您碧绿的眼睛多么独特，然而……
无数的脚掌，也难以践踏这绿茵。
遥想当年，您从堤岸凝望奥卡河：
祖母绿沉在奥卡河水底，注视您。

您碧绿的眼睛多么独特，然而……
很久以前，祖母绿从您睫毛下坠落。
或者您有——什么更绿的东西落进奥卡河，
落进峡谷深处，我不知该如何称呼？

您碧绿的眼睛多么独特，然而……
祖母绿会有永远安放的空间，

您只要看一眼，转过身：快点儿，
天黑了，家人在招呼吃晚餐。

二

这里曾有一座房子[1]。一百年前的
某一天：三角钢琴摆放在厅堂，
孩子们被领进来，窗户向花园敞开，
如今这是知识爱好者拼杀的战场。

你赢了。胜利女神——属于你。
房子就在这儿，现在是露天舞池，
舞蹈的广场，或另有其名……天国
之星举目可见，似印刷错误和呓语

1 位于塔鲁萨的佩索街，与茨维塔耶娃一家租住的别墅相邻，20 世纪 30 年代中期改建为休养所，1967 年拆除，原址经平整，成为露天舞池，也经常举办知识竞赛之类的答题游戏。

在你语言狂野的识字课本里。
乌拉，你赢了，难怪你骄横地
皱起眉头，面对这些——通体银白
精神失常和不打瞌睡的石膏像。

休养所——休息吧，老人家。
请原谅我。这并非你的罪愆，
当我看见房子矗立在花园，
音乐的旋律徘徊在窗前。

三

你是海的——那就奔向你的海洋。
留下我，你要像自由鸟一样翱翔！
请在我心里死去，像死在人世间，
我就是你黑暗、狭窄的牢房。

我无处存身，虽然这些都是我的。
我意识到，你以不友善的态度

对待沉闷、封闭、渺小的事物。
你是莲花——挣脱窒息的皮肤。

迈入大海吧！可你一旦离开大地，
我会因为失去你而毁灭。难道——
不像是鳞甲，里面没有了蛇：
只有均匀的气息，在空间里缭绕。

四

那位被冷落，这位则获得赞美。
确实如此——时代各有不同：
当初听不见呐喊，现在却亲吻回声，
为我祝福之后，才迟迟走近她。

可是墨水曾经爱她，却对我
嫌弃，所以笔记本是赤裸的。
在没有鱼或没有大山的地方
虾或土丘，就是你们的鱼和山。

听信人间美誉，理智也会失明。
在她面前我垂下头，消磨时日，
忽然听她说：不必谴责活人的
谬论——你比这些人好不到哪去。

假如他们需要，就从他们可悲的
灾祸的低谷上站起，而鱼的沉默
不也是呼唤——听不见却看得见，
在嘴边烤成了枯黄的颜色。

五

雪要融化。我要去动物园。
如果见到狮子，我会带着敬意
和皮肤上的寒意说：“这是狮子！”
小词语与大事物并不一致。

而她跟狮子相处只会更开心！
遇到它时，她不需要献媚，

反而随口说："不过是狮子。"
狮子般的性情和言语！

我吻了吻浪花凸起的额头，
恳求大海："请假装是水！
我担心你，生怕你被放逐，
和黯淡星辉一起，没入永恒的涟漪。"

她爱陆地，是为了荆棘之路，
宁愿尘土飞扬，也不愿水沫四溅，
她会说："闪开！我必须通过。"
海水分开——她就通过了。

六

如何碰巧知道——少的而非多的：
譬如少有种子不发芽，在温室
在某个甚至比牢狱
更不宜居的栖息地。

少有的一瞬：远远望见勃洛克，
你高傲的面颊现出绯红，
他显得多么痛苦，多么落魄，
从一个孩子手里
接过重大的消息；

这只手也不多见，
你在痛苦煎熬中梦到它，
你的疯狂将它卷入
火柴迷离的遐思；

很少考虑到：任何权力
都不可能切断你的
喉咙，只有你的手
才能够——

所有的都少，我要说，
都不够偿还那场覆盖

三池巷的房子和水塘，
让溜冰不是难事的大雪，

而眼睛似祖母绿的天才
知道一切，也暗示一切。

两位小姐，从明亮的儿童房
飞奔而出，走在铁匠桥上，
攥着商人剽悍的铜币：
圣诞前夜，总该为圣诞树
弄一颗星星来。

拥挤的人群将她们裹挟，
在威严的普希金[1]跟前才放下，
从叶利谢耶夫商行拖带出
大包小包，整条特维尔街——
在幽暗中、在灯火中闪烁。

1　指莫斯科特维尔街的普希金铜像。

雪一边郑重其事地飘洒，
一边馈赠和添加自己。
谢廖沙[1]，太晚了，天黑了！
既然这样度过，今后在哪里
化作尘土，也都无所谓。

1977—1979年

---

1 茨维塔耶娃的丈夫谢尔盖·埃夫隆（1893—1941）的爱称。

拉德日诺[1]

给弗拉基米尔·沃伊诺维奇[2]

我已很久没有见到这些地方。
灵魂在梦中遥望异域他乡
我爱着的人，从我的身旁
从这些地方——他们被窃取。

沉睡的心灵顾不上看一眼
巴伐利亚，昨天却向它望去。
我想，如果我从这里苏醒，
灵魂应该不会再度飞离肉体。

这便是我的筹码，用来换取
你们，遭掳掠的知心友人。

---

1 靠近塔鲁萨的一座村庄。

2 弗拉基米尔·沃伊诺维奇·尼古拉耶维奇（1932—2018），作家，阿赫玛杜琳娜的朋友，1980 年迁居德国巴伐利亚。

太阳移向你们。我昨天的时光熄灭了。
你们在奥卡河之外，在那黑森林之外。

茫茫夜色中，你们透过泪水
看见我就在同一个塔鲁萨。
你们找到了我，许久不忍离去。
梦越温馨，醒来就越可怕。

这新的一天，我要差遣它，
向你们告知一颗心的碎裂，
当我踏着积雪，走过冰面，
穿越松林和我们之间的深渊。

我就这样来到拉德日诺。亲人
美和不幸的特征如此简单。
哦，玛尼娅大妈，请怜悯并原谅
我的一切，我的话语和无言。

你的脸带有霉味，小屋很简陋。
我的朋友们也从你身旁被夺走。
我总是听到：“别伤心，小鸽子。”
可我心里的力量少于哀愁。

积雪的窗，圣像，桌子，长凳。
我把我眼中的地狱藏进衣袖。
“啊，我亲爱的，我的天使，
不要哭泣，不要悲叹。”
我悲叹，我哭泣。

1981年2月27日

游戏与嬉笑

我感觉仿佛有谁在跟我游戏。
我似乎已经猜到——是谁，
当严寒和太阳再次把它们
含蓄讥消的目光向窗口投去。

还能为太阳和严寒增添什么？
不，不是光，不是覆盖它的冰。
我等待！请给我应许的玫瑰！
白昼的玫瑰飞落到我脚边。

我从万物之中捕捉神秘的标志，
时而发现足迹，时而听到话语。
现在又看见一匹马被套上雪橇。
既然你吩咐，怎能不套好马具？

不如说是套马。马是白昼和雪的花色。
这有什么关系！你自己知道：
奇迹的日子里，你把马的重负
变成了马，为的是加速奔跑。

我们向蓝天和熊熊烈焰飞升。
面前飘动着苍劲的白发。但你
在哪里，莫非此处就有你的气息？
我们的结盟有着怎样的秘密？

你如何教诲——绿色就如何变暗。
如何怜悯——村舍里就如何歌唱。
整个这一天，均由你亲手创制，
即使赠予我——仍然属于**你**。

可是在夜晚，在幽蓝的夜幕下，
在你自己若明若暗的月光里——
我是多么愚蠢，因为你而哭泣，
你却如此真实地跟我嬉笑。

1981年3月1日

塔鲁萨的欢乐

我不记得这是怎么回事。
天空怎么了？为什么红彤彤？
我怎能忘记还有免于邪恶的
事物，在种种邪恶之中？

但我不信，有什么能侥幸
逃脱。我认为一切徒劳无益。
芸芸众生，谁不曾流下泪水，
犯下贪心和愚昧的过失？

纵然死亡与诀别的时刻
还没有过去，也足以损伤
理智。我忘记松树的生长，
忘记了所有可亲的形象。

这些小村、夭折的小树林
拆毁的教堂，全是悲惨的模样。
为了学校里取缔的学科，
许多战斗的少年在游荡。

恍然间想起：这是日出，
我便起身，贪婪地感受光明。
最先迎来朝霞的是松树，
随后我们都得到同样的应许。

每个窗口都有三个诱惑，
我为之欣喜，像个喜悦的人。
我与奥卡河相隔只有片刻，
只要穿上毡靴，越过土坡。

玛莎走过来。“睡得怎样，小天使？”
我的玛莎天使，睡得又香又甜！
“穿厚点儿，我的天使，今天很冷。”
我的玛莎天使，穿得又美又暖！

“宝贝儿，一只狼闯进帕尔申诺[1]，
母牛在那儿叫唤，难受得要命。”
小宝贝玛莎，狼为什么要惊扰
可爱的帕尔申诺的孤独和温顺？

我赶紧向外面的马厩跑去。
我不就是个陌生人，忧郁又病态？
白雪上白亮的马，身形俊美，
爱吃甜食，名叫：小男孩。

---

1 靠近塔鲁萨的一座村庄。

小男孩，给你糖，但你真惹人爱！
你的眼睛，泛动着迷离的神情，
我差点误以为是我的，若不是
因为远近闻名的绝美的眼睛。

那位马倌，以他沉默的人生
供养着我们光彩夺目的骄子。
像我这样身为二流角色之人，
怎么会忘记悲剧的主角？

也就是说，自始至终我都记得：
没有源泉，就不会有我们的成长。
我重新认识到：面孔即是光亮，
呈现着一个人灵魂的高尚。

他七十二岁了，很少听到
人世间的好消息。他只顾
照看他的马，照看孩子——
我像马和孩子一样看着他。

我们的美德和气质从何而来？
这不是靠命运，也不是凭等级。
即便我们永生不死，也不会
产生厌倦，哪怕有理由死去。

此时，三月温暖着我的额头。
三月里，莫非额头需要呵护？
“愿意跟我一起去吗，亲爱的？”
当然啦！可您愿不愿带我去？

这就出发了。日子和马儿
白昼和心灵披上皎洁的盛装。
费多尔·丹尼洛维奇！我的欢乐！
他笑了笑：“还好吧，我的欢乐？”

左右两边，是美不胜收的风光。
烟霭孤儿似的缭绕在村子上空。
贫寒的仓房——没有十字架的殿堂。
我知道，我知道这叫作什么。

夜晚，在繁星密布的天空下，
我久久地望着平原和森林。
上帝啊！你再次宽恕了我。
这就可以了吗？我——把灯移近。

1981年3月1—2日

论事物的不服从

说什么蜡烛的自由精神——
谁不受制于烛火的巫术和邪眼。
非生命的事物要么不存在，
要么就是我从来没有遇见。

我知道的那些，性情都很古怪。
它们冲动的行为不胜枚举。
时而去无踪影，时而不请自来，
低垂的眼睛，隐瞒了多少秘密。

瞧，它们现在又拿我寻开心：
这个噼啪作响，只想取代电灯，
那个沦为自来水管道的囚徒，
停止供水，却笑得浑身抽筋。

这一整夜，黑暗开关诗兴大发
在我耳边咔嗒咔嗒，折腾个不停，
杯子一个劲地讨水喝，饥渴的
水龙头呼啸，像慷慨的猫头鹰。

万物皆有终了：各自归向远方。
昨天傍晚，有人送了我一条披肩——
黎明时分，披肩感到发冷和迷惘，
受不了拥抱别人的肩膀。

我催促肩膀自由地离去——
哪怕将来由别的什么人掌管，
就像这无拘无束的飞雪，
从每座山丘回应奥卡河的召唤。

我不知道如何驯服这些事物。
我把它们的任性留给世人。
灯和笔记本，请再靠近些。
我们不会责怪任何事情。

现在，就在这一刻，从这一行——
手退缩了，我为它画十字：
因为心灵深处喧嚣的愁绪，
柜门自己敞开，又自己关闭。

1981年3月23日，塔鲁萨

黎明前的月亮

说什么经验？无稽之谈！哪有
爱的经验。爱是逝去的过往。
哦，我毫无经验，等待着月亮，
在二二年春日[1]的山坡上。

天已经黑了！只有玫瑰温柔
褪去绿色的地方依然明亮。
我站在那里——通过视觉
对比玫瑰的凋亡和我的窗。

诱惑不在于颜色和光的相似——
灯罩上的玫瑰在窗口感到寂寞，

1 1922年春天是茨维塔耶娃流亡欧洲之前留在俄罗斯最后的日子（同年5月，她从莫斯科出发，经由里加抵达柏林）。

联结二者的是痛苦：哦电灯，不，
我把光耗尽，也无法描绘颜色。

但首先需要接受晚霞——
静静地宣告，永恒在近旁。
我的窗见不到霞光，把忧伤的
目光投向我的忧伤。

什么，印花布的玫瑰等得太久？
我面前燃烧着你的花芯——
连星星都被点燃，在你们的
交锋中，却看不清这炽情。

十点钟的前奏亮了起来。
我担心，我的阴郁的眼神
会从树林背后引出月亮
或者将它永远留在树林。

我该如何命名神经的行为？
它们用牙齿撕碎每个修饰语，
把暗蓝的天幕烧得金黄，
使太空遭受木星的折磨。

在我的住处，阳台更像是
古旧的遗址，瓦解的残迹
或云的木质形象，悲惨的
腐坏物质的结合体。

我走出来，站在这一切上面，
向对面那金色的险境望去。
离它远点！紧跟我的脚步
旋风骤然而至，掀起桌布。

我无意间捕捉到纸的惶惑，
像捕捉风暴或成群的牛羊。
地狱顶部从树林里向外喷火——
比我知道的更猛，更耀眼。

冷的、黄的和白的——真够荒唐。
说什么经验，既然无从预知。
月亮游移着，似变形的鬼怪
将独一无二的星体吞噬。

（顺便说，越过月夜和诗歌
发亮的轮廓，我将在那里
迎接太阳，它流尽自己的鲜血，
在我的视线之外藏匿。

它用全身的血液喂饱月亮，
黯淡枯萎地度过一整天。
我看见了！我要偿还太阳，
用这首诗之后降临的诗篇。）

月亮的升起，并非轻而易举。
它筋疲力尽——一直在拖延。
仍然还有沉重的三分之一，

在我和其他人眼里隐而不见。

终于——整个圆形显露出来。
谁也不再关心月亮的下落。
它出现并悬在半空。我喜欢
它在松树之间徘徊的习惯。

随后，边缘遭到黑色侵染——
忽然像人似的歪了一下。
避免宇航员的踩踏（我知道
他是无辜的），这可不简单！

我忍不住笑了，再次意识到，
谁的天才在月光里保全，
如此醒目。月亮永远属于**他**——
作为两座小庄园的财产。

顷刻间，它改换了容颜，
泛出银灰色的奇特光亮。

或许这只是便于向上攀升，
变得更苍白，轻得失去重量。

我感觉走到窗前越来越难。
为了让多情的眼睛这伴侣
追上月亮，我把头偏向更左侧。
可现在几点了？凌晨五点。

句号就此落在笔记本上。
幽暗绵延不绝，愈渐稀薄。
需要重新回顾晨曦——
比先前更温柔，也更迷惑。

1981年3月26—27日

重返塔鲁萨

大地对奥卡河躬身致敬，
我向塔鲁萨疲惫地行进。
茫茫尘世间，多少朝圣者
哀伤的手杖，徐徐前行。

正值五月，敞开的土地
和裂隙间滋生出一片金黄。
心灵受制于忧郁的知识，
但此刻的存在堪称完美。

目光被彼奥霍沃教堂吸引。
还能再回首——已经很满足。
我想说，生活还算顺利，
一切都实现了，一点也不痛苦。

饱满的嘴唇不会有求于
这片繁花似锦的平原。
哦，这座天堂多么荒芜，
如果玛丽娜[1]确实不在里面。

1981年5月16日（和23日）

1 指玛丽娜·茨维塔耶娃。

稠李

当一颗多情的心被三月迷住，
我对自己说，要坐到黑夜尽头，
还要更久，直到黎明稠李花开，
假如上帝恩准我活到那时候。

我说的是，由于爱着神秘的期限，
嗅觉凭借花的名字认不出花。
诗行像暴风雪中的路标，孤独地
变成黑色，在三月的月色下。

诗歌承诺，上帝则允许人坐到
并活到稠李花开：我面前闪烁着
苍白的灌木，如此脆弱和怯懦，
仿佛不是被爱，而是被折磨。

或许，它确实深受爱意的折磨。
我预先决定的事情与它不相干。
就这样，可怜的孩子尚未降生，
就按照父亲的诺言定下了姻缘。

当丁香重重地坠向南方的院落，
像欢度酒神节一般，尽情盛开，
我这次反倒急欲用阿拉格瓦河
换取阴暗的峡谷：哦，但愿尽快！

诗的宠儿，梯弗里斯的对手，
现在来自花瓣，曾经来自字母！
哦，但愿在专场演出的幕后，
在问世前，与它年幼的惊慌相遇。

不，这里依然新鲜，从春汛中
白柳依然未能抽出低垂的枝条，
但我不免担心：它怎么样？没开吗？
他们说：还没有，但眼看就开了。

别错过它初次之前的行动——
在通往奥卡河的下坡变缓处。
它没有开！而我却占有了
它次日早晨开花的意图。

昨天略显黯淡。转眼就是今天。
紧绷的花苞渐渐松弛，小嘴
打着哈欠，想知道：为它们
寻觅的新鲜湿润的美食在哪里。

稠李颤抖着醒来。脸和灯俯视它。
它羞于绽放整个身姿和美貌。
花朵，像被唤醒的赤裸的眼睛
看不明白：为什么不准睡觉。

诗，爱的殉难者，请接受爱的冷漠！
它可不在乎你我卑微的笔墨！
哦，它与众不同，相互的倾慕
不会让它敞开怀抱，或感到厌烦。

我干脆整日整夜俯伏在它面前。
但这三月的诗有什么深远含义？
可怜的脑袋怎么了？我的头脑怎么了？
万般杂念像飞蛾，旋绕在脑海里。

凸起的头颅底下，如今是凹陷，
强劲的脉搏在那里驱动急需的
血液并控制自己，以免束缚
植物、失忆的峡谷和昏厥的花园。

直到黎明……我不记得……直到什么，
不能忍受对什么的渴望和思念，
谁的蜘蛛黏液……谁的黏腻的困倦
缀挂两鬓间，飞蛾也陷在里面……

被遗忘的诗行悬在时间之内。
第一瓣花面向温暖，悲伤地落下。
意义的探寻者向来令人乏味，
我无法取悦这种人：我要睡了。

1981年3月17日

三天的稠李花

给你三天时间，我的美人！
你高贵的冷漠还没有消退。
奥莉加·伊万诺娃一大早登门：
“你可真糊涂！简直发了疯！”

奇思异想的金发首领，三天来
我对你的无稽之谈笃信不疑。
该醒了。日祷的钟声已敲响。
涅菲奥多夫[1]今天还要来我这里。

“千真万确！毁坏灵魂的颜色把你
搞蒙了！哪又冒出个涅菲奥多夫？”

---

1 原型是俄罗斯发明家彼·米·戈卢比茨基。19 世纪末，他在妻子位于塔鲁萨的波丘耶沃（帕乔沃）庄园里进行电话发明试验。

“波丘耶沃的贵族学者：作为
好邻居，来向我们祝贺好天气。”

“植物在那儿胡闹什么！不知
谁的眼神，谁的妒意也掺和进来。”
“我总觉得，奥莉加·伊万诺娃——
哪怕它的家园失火，也不奇怪。”

真可惜啊，那笑吟吟的胡须
以及手杖和夏季流行的茧绸。
像蒲公英——蕾丝花边的客人
四处飞散，风会把一切都带走。

“茶烧好了。但你为之痴狂的
这些，我都会扔掉。涅菲奥多夫
也要撵走。”“何必呢。要知道
一切转瞬即逝。一切自行结束。”

“那就起床吧。”“这就起。我心里
是多么荒凉，多么慵懒和迷惑。
奥莉加·伊万诺娃，我如此爱您，
我的语言才不由自主变得笨拙。”

我们喝茶。奥莉加·伊万诺娃
寻找着更方便的坐姿，
好让她殷切关怀的目光
悄悄查看我受损伤的理智。

茶真够新鲜！甘甜的蜂蜜微苦。
我也够机灵！茶和蜂蜜都未能
让我分心，因为我看到涅菲奥多夫
优雅而又笨重地跳下马车。

关于启蒙，我们和涅菲奥多夫
聊了很久，当高脚杯相碰，
我们哀叹祖国阴暗的岁月，
一致谴责政府的麻木不仁。

当然还聊托尔斯泰。顺便说一句，
我们是近邻，就像谢尔普霍夫[1]
和图拉。然后又嫌椅子低俗，
话题便转向无限光明的未来。

哦，有谁想问我什么，尽管开口……
没有谁！——我不在乎！干脆就问：
“你的情况很清楚。但涅菲奥多夫
与你何干？难道他是思维健全之人？”

“没错儿。他整个家族所有亲属
都以思维发达著称，他本人当年
也通过了电学考试。遗憾的是
他的稠李花——只开了三天。”

---

1 位于俄罗斯莫斯科州，奥卡河左岸河港，与托尔斯泰的故乡图拉相距不远。

没有谁——倒不如沉默。赶紧吧！
亲爱的涅菲奥多夫，您不是说过，
茨维塔耶夫家有两个年轻的女孩，
她们碧绿的眼睛充满魅惑？

是的，额头的峭壁底下的绿色，
如他所说，也把他迷住！怎么不可能？
显而易见：他更年长，玩音乐，
注定拥有幸福的人生。

“我本该带上她们，但春天还冷，
并且她们好像正在海上度假。”
“是在奈尔维[1]。您不能，涅菲奥多夫，
也没必要：她们的母亲身体欠佳。”

他走了。奥莉加·伊万诺娃进来了。
她只看了一眼，就连连责怪：

1 意大利名城热那亚的一处旅游度假地。

“你到底给涅菲奥多夫喂了啥？
哎呀，我亲爱的，你不在状态。”

“您认识他？”“能不认识嘛！
他善良又高尚，只是神经过敏。”
赞美我三天时间的稠李花！
请为它的第四天祝贺我们。

已经开始了。多么绿的森林！
水面闪耀着碧绿的光。或者说
这是两个女孩的绿眼睛
正在凝望天上的满月？

1981年5月19—20日

“我有个秘密，来自奇妙的花期”

我有个秘密，来自奇妙的花期，
此处的“奇妙”，最好写成 ***чуднаго***[1]。
花儿不知新闻，照旧变成枯黄，
永远为自己央求着“雅季”[2]。

从哪里能为它找到正字法的神术，
哪怕像话语的巫咒那样原始？
何为话语、田野之美和你，森林之美，
若不是大动脉发出回应，将你们汇集？

除了文字和你们，不见别的家园。
语言若被蹂躏，你们也难以保全。

---

1 按照十月革命以前的正字法，此处为“奇妙”作为形容词二格单数形式的写法（正字法改革之后应写成“**чудного**”）。

2 1917—1918年正字法改革前教会斯拉夫语及古俄语字母 ѣ 的名称。参见《相片》一诗的相关注释。

天亮了，园艺家！天亮了，菜园的主人！
好吧，我也伸个懒腰，耕种我的诗稿。

今年春天，我遇到所有的植物。
我像个助产士，盼它们破土而出。
我有个秘密，来自奇妙的花期。
岂能没有秘密？一切不是秘密的事物

都荒诞不经。报春花令人赏心悦目，
说声“嘿，小钥匙”，它立即赶来。
笑它是小羊，黄疸病，它也不见怪，
而文化人尊重它，称之为花体字母。

我的花体字母啊，我一直在读
你的识字课本。字母表多单纯，
没想到我甚至也向你隐瞒秘密——
你金色的小钥匙无法将其打开。

我比紫罗兰活得更久，肺草[1]
描绘落日的技巧被我带入老年。
对我的稠李——也要守口如瓶，
在神的考验和他的旨意下。

樱桃花开了，苹果树则把开花
留到明天……然后，就在窗口
它的花朵不顾词语的空虚，那么近
那么意外，在我诗行末尾成熟。

每句诗都像蜜蜂，落在花梗
和枝条上，亲吻名称的花蜜。
我已分不清哪是花序，哪是词。
但全世界的花圃，也不如词典厚实。

---

1 紫草科肺草属植物，肺草（медуница）在俄语里也可作为工蜂的俗称。

为了报复我，蜜蜂飞进我的诗。

贪婪的口唇，错在吮吸别人的蜜汁。

我有个秘密，来自奇妙的花期。

但铃兰刚一开，我就会说漏嘴。

1981年5月22日

苹果坠落的夜晚

八月已经过半。黄昏时分
一条条小头巾漫步在堤岸。
这时辰属于高贵的黄蜂，
它们纠缠厨房，想成为食客。

像主妇们关心果酱的命运：
懒散又伶俐，专注又盲目——
我朝窗外望去，时间假扮成
消逝的盛夏，在那里栖居。

只有这副形象为一场宴席
向黄蜂抱怨——谁没做果泥。
大锅熬煮着更浓稠的酱汁：
活生生地吞食，还一脸无辜。

我从未遇到过这样的夏天。
“也不会再有！”这肯定的
声音，令人惊颤：苹果坠落，
从外面给“不”字加上重音。

慌张的心加快生命的节律，
可怜的它如此辛苦地跳动。
难道真有一位不存在的近邻
像愚蠢的邻居，唠叨个不停？

不，这是八月，苹果坠落。
我简直分不清自己听到了什么。
谁都觉得对话者头脑愚钝，
但撞击屋顶的巨响无可辩驳。

那好吧。越简短，就越可贵。

于是我待在苹果坠落的夜晚。

迷人的生活啃着、踩着果实，

等到欢宴散去，才返回家园。

1981年8月15—25日

漫步

我无拘无束，独自漫步。
一旦失足，就会跌入苍穹。
在猎户座零散的土地上
对于任何思虑都要当心。

谁在冒失地提问："思虑什么，
比如说？"从开裂的深渊里
我们只能窥见伟大秘密的
渺小例证：它自己的死。

细节倾注于无尽的时空——
使其外在的意义愈显可亲。
似光谱的颤动，睫毛之间
垂落对宇宙非分的柔情。

还可以问：亲爱的普希金，
为什么要把浩瀚的虚空
想象成阴森可怖的坟冢？
倒不如想成是**你**的居所。

但大路上这发黑的是什么，
比非生物邪恶，比生命体死寂？
受惊的马儿猛地抬起前蹄，
发狂的眼睛向一旁闪避。

“真丢脸！走吧！只不过
是无辜的立柱。你们每天都会
频繁地相遇，田野的住客
早就把你当作一家人。”

“它为何痛苦？为何恐惧？
是什么在空旷平原上守望？
是哪位大师在向我训话，
用惹人生厌的长者的声腔？”

“什么意思？”这位冒名者
可谓放肆：他从我眉头上获释，
竟对我窃窃私语，说个没完——
却又忘记说了些什么！

天上忽然传来善良的笑声：
是谁沿着早已认出他的深渊，
走在全世界的灾难近旁，
走向自己的末日的边缘？

他头顶是行星不祥的预言。
忧虑之外，他只拥有赤贫。
而他，沉浸在多彩的泪水中，
害怕柱子，呼唤着普希金。

他内心怀有的，用最高尺度
也难以衡量。愿他继续前行。
永恒性向脸颊倾吐柔和的气息，
依偎它的温暖，我感到欢欣。

1982年3月1日

嘘，别作声

我在街头潜行。可怜的阿尔费罗夫
是谁，街道居然以他的名字命名？
住嘴！他可不是鸡鸣狗盗之徒，
半夜溜出来，窃取他人的财物。

这一整片土坡，曾经都是坟墓。
她渴望安息于此……[1] 这可行不通！
否则，那些爱她的地方又要遭报复。
嘘，别作声！一切往事如梦幻泡影。

夏天我在这儿住过。我为什么不去
拜访自己的影子？井，你好，兄弟。

---

1 此处的她即茨维塔耶娃。1934年流亡巴黎的茨维塔耶娃在其散文《鞭笞派女教徒》中写道："我真想安息在塔鲁萨女教徒的墓地，安息在接骨木的树丛下，若能选一座刻有银灰色鸽子的坟墓，那该多好啊。"

假如阿尔费罗夫活着，就不会住在墓地，
唉，也轮不到他为一抔尘土而怨恨。

瞧这陌生人家：房子像僧侣，像流放犯。
阁楼呆板的圆形，是它的瞳孔和眼神。
房子被自己囚禁，不知道如何逃离。
但周围是自由的花园，正如它的灵魂。

花园自狭窄坡道径直坠向奥卡河，
忽然转过头，闪身躲开一座土丘。
房子挣脱墙壁的束缚，猛地扑向我——
我却难以靠近它，因为栅栏、锁和冬天。

房子、花园和我，一道卷入重大的秘密。
夏日里，我们共同的劳动平静又寂寞。
我在房子里，房子在花园，花园在潮湿的河谷。
我呼吸着潮气——圆环就此闭合。

匣子、椭圆形吊坠和吊坠里的秘密，
秘密中是秘密的秘密，嘴唇不得触碰。
黄昏时分，塔里奥尼[1]总是翩然而至：
天蓝绣球便摇荡起晶莹剔透的花簇。

一块橙黄色的画布，遮住面向
日出的露台，为晚霞增添色彩。
我们玩游戏：哪里有颜色更暗的斗篷？
我笑着说："我去把篱笆门打开。"

房子和花园感到恐惧。我走过去
打开了影子所栖居的下界之门，
以便从河谷深处看见房子和花园，
别的什么都看不见，也没那心情。

1 即玛丽·塔里奥尼（1804—1884），意大利芭蕾舞舞蹈家，出生于瑞典。她是浪漫主义芭蕾舞艺术杰出代表、巴黎歌剧院芭蕾舞团首席舞蹈家。

橙黄且硕大，堪称小市民风格的
魔法灯罩，竭力在幽暗中闪烁。
为了让露台的颜色幸福又完美，
花园给露台献上橙黄色的花朵。

我们始终在游戏，苹果树在工作。
流浪的花园和无家可归的房子知道，
房子不为居住，花园不为贡赋，
房子和花园，只为泪水和辛劳。

我们不期待客人，万一有谁来访——
房子就谎称自己愚笨，花园故作
忧伤的模样，假装关心家庭生活，
需要赶紧回去，开花结果。

他们离开了！然后，像往常一样
我们和墙上的影子在炉火旁跳舞。
这一夜，我诚挚的桌子和台灯
也都兴致勃勃，无拘无束。

阁楼还在那里。天色若明若暗，
房子、花园和我——坐在那上面
飞向远处的田野。彼奥霍沃教堂似白帆
漂过奥卡河，为我们祈祷和祝福。

苹果树终于完成工作，它们的果实
看起来多美妙，语言却充满伤感，
低沉的重音每时每刻都用这种语气
叮嘱我们，跟过往的瞬息说再见。

塔里奥尼，下雨了，您如何忍受
阴雨天？当河谷开始为蘑菇担心，
我请求给我一本书，好让**她**重新归来，
这是她的房子和花园……嘘，别作声。

花园对其他花园的事业不感兴趣。
它和我一起给房子披上一层黄金，
如此贴合，就像修饰语附着于对应物。

（例子盛开在花园：瞧那只金球。）

九月末，我们的主人来了，确切地说，
只是它们的。它俩吓得瑟瑟发抖，
对主人躬下腰身，而他永远意识不到，
怎样的房子和花园为他所拥有。

我并没有含泪回望房子和花园。
早该回家了。但不知何处是归途。
这就是为何世上所有街道中间
我最喜欢你的，亲爱的阿尔费罗夫。

居家者斜睨着：这位过客想要什么？
目光低垂，像个驼背的是何许人？
那就是我。我要离开房子和花园。
恐怕不会再回来。嘘，别作声……

1982年2—3月

丁香茶碟

春天来了，大脑病了。水滴拍打
水面。愚拙的心有个羞涩的秘密：
它爱上了彩绘茶碟的胡言乱语，
还有丁香的丑陋和纹样的傻气。

迟钝的灌木——山坡上哮喘的贵族，
是哪位无知的园艺家用你填补
我窒闷的夜，又让你和韦利戈日[1]
粗野的黎明在奥卡河冰面上相聚？

不，还要更远，更幽暗。丁香
不跟我谈论丁香。憨厚的瓷器
向我强加温存而又粗暴的呓语，
关于田野稚嫩的颜色、山芥的美味。

---

1 与塔鲁萨相距几公里的一座村庄，位于奥卡河畔。

忽然，静物画盯住乡村博物馆
紧闭的眼睛，它的花朵异常兴奋，
我的祖母的花布像一团升起的云，
或者说，古老贫寒的翅翼另有其名？

哦，假如只有丁香！我一定会想起
郊外的花园，一群贱民和酒鬼中间
有位不开窍的诗人，书呆子，老古板，
他为自己取名，纪念光荣的花坛。

那里，可怜的男孩睡在奇怪的墓床上，
忘记自己是永远沉睡，还是睡了片刻？[1]

---

1 “沉睡的男孩”，塔鲁萨的著名景观，是雕塑家亚历山大·马特维耶夫（1878—1960）于1910年创作的花岗岩石像，形象为侧卧的睡姿，以纪念画家维克托·鲍里索维奇-穆萨托夫（1870—1905）。

诗人西连涅夫[1]活着，开朗又忧郁，
服务于写作的杂志还未采纳其大作。

他急切地告诉我，同各色人等相处
有多乏味，而他的好日子就要来临：
他将一举成名，像十字花科的植物。
我笑着说：但愿如此，我的友人。

他送给我丁香和许多首十四行诗，
它们皎洁华美的花环到处闪烁。
入夜，西连涅夫活得更加热闹和简单：
花园丽人吸引他驻足于奥卡河。

可他依旧高傲，不肯在争论中让步。
没有荣誉，他就没有活下去的愿望。

---

1 作者自创的名字，由“丁香”（“сирень”，读作“西连”）转化而来。“诗人西连涅夫”，实为“诗人丁香”。

我的生命流逝，与睡梦中的男孩
不无相像，而且越来越明显和哀伤。

我驾车离去，来到即将燃尽的雪地。
我的诗人从哪里接受春天的影响?
那幅布满丁香雀斑的陶瓷画像，
我打算赎回或者从国库里窃取。

在我的窗外，悬着行星的三重火焰。
不幸的茶碟上，疲惫的茶变得冰冷。
忠实的灯，我为你的努力感到遗憾。
但是诗越聪明，也许就越无用。

1982年2—3月

拉斐尔的节日

给恰布阿 · 阿米雷吉比[1]

外来的节日，别站在玫瑰山岗！
别让霞光在你面前如此张狂。
你为何降临到峡谷和我身旁？
我认得你。乌尔比诺是你故乡。

神的节日，请回到你的意大利。
本地还是冬天。本国人民爱胡闹。
善妒之人和驼背，我在注视你，
我隐秘的怒火亲吻着你的衣角。

唉，除了麻子脸和胸口的溃烂，
画笔也笨拙，颜料不听使唤。

1 恰布阿（穆泽恰布克）· 阿米雷吉比（1921—2013），格鲁吉亚作家。

完美的节日，请远离罪恶！
这里牧羊女永远把刀配在腰间。

但圣洁的节日呈显着柔情。
兄弟对兄弟说："你好，仁兄！"
周围三座村庄的本堂节日
数百年来首次不是以斗殴收场。

拉斐尔的光明节日悄然离去。
但枯死的橡树在谷地焕发生机。
静穆的落日染红我们头顶的天空。
朝圣者面朝废墟彻夜画十字。

1982年2—3月

花园骑士[1]

因为这地狱，
因为这呓语，
给了我花园
为度过老年。

——玛丽娜·茨维塔耶娃[2]

花园骑士在陡峻山坡上飞奔，
像一道闪电，像狂风骤雨！
我把脸藏进他黑色的披风，
向他威武的身躯寻求庇护。

---

1 这首诗的写作动机来自茨维塔耶娃《两个森林之王》一文。“森林之王”（лесной царь）源于歌德的叙事谣曲《魔王》，取材于民间传说和真实生活事件。俄罗斯诗人茹科夫斯基于 1818 年将其译成俄文。基于茹科夫斯基译本和歌德原诗，茨维塔耶娃写下《两个森林之王》，对两个文本加以评析。

2 题记引自茨维塔耶娃的诗作《花园》。

我记得并知道此事的蹊跷。
从来都没有过这样的深夜，
在暴风雨中，他纵马疾驰，
他独自一人，将暴风雨穿越。

究竟怎么回事？是谁在纵马，
谁在疾驰？这匹马来自哪里？
虽然不知是谁，也要向众人解释
他们不需要弄清楚的问题。

花园骑士离开自己的领地，
风把马的鬃毛抛入他怀里。
他用一只手紧紧攥住缰绳，
另一只手将我的恐惧揽在胸口。

哦，花园侍卫！谁的狮子尾巴
如此愤怒？谁的王冠闪闪发亮？
“别怕！那是笼罩平原的长雾，

是猎户座大写的黄色火光。”

但我听到独裁者傲慢的讥嘲：
“可憎的孺子躲进父亲怀抱！
在王者爱抚下短暂的毁灭——
比日日夜夜的折磨更难熬。”

哦，花园父亲，给我黑暗和温暖！
我们将重返危岩绝壁的故土！
长尾巴、戴王冠的笑道：“谬误之子，
那是你的还是人群的话语？

其他人没有经历过这样的深夜。
这时辰属于你。再不会这么晚。
我鄙视你！请不要跟我道别！”
花园骑士对我低语：“别听，也别怕。”

我活着。他把我带到峻峭山崖
静谧的峰顶，那里有一处秘境。

哦，我的花园，殷勤的祸首！
为什么我们要逃离森林之王？

花园假装它是花园，不是骑士，
假装厌恶森林之王的言论。
虽然不知是谁，但我顺从每个人：
一切都已齐备，唯独欠缺命运。

花园两次与可亲的悬崖游戏：
从山坡跌进奥卡河，弃儿一般
头也不回，飞快地潜入水底，
又像湿透的白痴，把自己拖上山。

我们两个伪装者。漆黑的夜，
更晚的时间之外，花园骑士飞驰。
孩子，注定被森林之王扼杀，
而他不会恐惧，也无法逃避。

1982年

猫头鹰之死

佝偻的宁卡，没有牙齿和眼睛。
可她也凶狠，并且……天哪，
是谁因为什么，将腐烂的麻风
带给这张脸，带到这荒僻角落？

一拿到工钱，宁卡就跟哥哥
一起纵饮——详情我会铭记心间。
哥哥殴打宁卡。他并非天生驼背：
父亲太严厉，吃了半辈子牢饭。

听说他现在是个稳重的老人，
只可惜一双儿女不准他登门。

再加上我们的第一百零一公里[1]。
我们是恶徒。上帝不怜悯我们。

此事与工钱无关。一只猫头鹰
闯进宁卡的窝棚。“瞎瞅啥，快打！
拿水桶砸！它死了，我们办丧宴。
画家把这玩意儿买去做稻草人。”

他还真买了。我带着一本诗集
去找画家，走到他的门口
我侧身站住，让宁卡进去，
一如平常，在她面前低下头。

不是因为，人与人生而不同，
相反，我们的命运并无差别。

---

1 “第一百零一公里”是一个非正式术语，特指苏联时期针对刑满释放人员及某些特殊类别公民的限制权利的方式。此类人员只能定居在莫斯科、列宁格勒、各加盟共和国首都等大城市周边一百公里以外。

从她一脸丑陋的苦相之中
我看见自己的毁灭和罪孽。

她进了门。令人狂乱的回忆：
这双眼睛曾经向我裸露。
两颗温柔绝望的玛瑙，圣灵之死
从中浮现，但又归向何处？

目光迷惘，星星是否也能这样
张望，或者说，那与它相近的
更古老的东西，已然无须猜想：
敞开的秘密中，有什么意义？

无论付出多大代价，为猫头鹰
穿戴盛装者，都未必宽恕我们。
是他用颤动的栗色彩虹、镀金的斑纹
和他自己无助的洁白装饰了它。

我醒过来。收音机提高吼声，
将各国首都的敬礼传递给我们。
标准像上一张张凶险的面孔
从四面八方露出歪扭的笑容。

临别前，我对画家说："再见，
亲爱的大师。可你怎么在这里？
是我们的第一百零一公里——
让你和你的画儿放纵了一回。"

霞光退去，异样的粉色标志
迟疑了片刻，消失在天空，
像一个等待答案的问题，
还没等到，就离开了我们。

我暗想，在我眼前和周围
萦绕的星星，是否会活下去？
或者，它像那只英勇的鸟，
知道如何美好地生，如何死？

死：窝棚，两个怪物的争吵——
但特征完好无损，傲气犹存。
死后那一副鄙夷的神情，
正是美的绝笔，美的功勋。

稻草人的创作家在夜里忙活。
地狱发出冷笑，向他靠近。
传来哀号：青紫色驼背的哥哥
又在摧残和折磨佝偻的妹妹。

我不是在沉思，就是在犯懒。
是否该离去，重返先前的不适？
我依然犹豫不决，可怜这角落。
总觉得，我要被杀死在这里。

1982年

“本地有位格列本尼科夫”

给叶甫盖尼·波波夫[1]

本地有位格列本尼科夫，钱又多
又滑头，第一百零一公里都没伤到他。
他有两套房，跟大家一样能喝，
尽管他自称身上安装了鱼雷[2]。

当然他这是自吹自擂，吓唬人。
酒酣耳热之际，他冷静又有远见。
他把手头旧的小酒盅叫作高脚杯——
自酿的白干儿称之为“拉菲”。

两套房，我是说，他有两座园子，
两个大蜂箱，两片茂盛的菜园——

1 叶甫盖尼·安纳托利耶维奇·波波夫（1946— ），俄罗斯作家。
2 苏联酒徒对某种戒酒胶囊的别称。

全是出狱后的家当。有人嚼舌头说，
他本该挨枪子儿，结果只蹲了三年。

他平常独自一人。存折——有两本。
关键是，积攒了知名人士的品格。
他在家里睡觉，早晨去找一位寡妇。
他跟妹妹济娜伊达这辈子都不和。

基层工委会号召她加入多萨夫[1]。
她住得偏远，深陷于贫困的苦海。
其实也没什么，可他活到这把岁数，
却担心财产会落入妹妹之手。

我们这儿有个啤酒馆，名叫“地铁”，
显然不是因为气派，是因为在地下。
格列本尼科夫是常客。他问一个

1 支援陆海空军志愿协会（ДОСААФ）的俄语缩略语的音译，曾是苏联时期具有国防教育性质的群众组织。

强忍醉意的男子汉："你是谁啊？"

那人想起来："我——彼得罗夫。"
"嘿，彼得罗夫，你穿着背心，可你
生来穿的是衬衫[1]。拖拉机手？""那当然！"
"送你二十台拖拉机。"彼得罗夫没生气。

"不如说给我提供。""得有点耐心。
等我死了，全世界的高脚杯都归你。
有朝一日，你老兄一定会名声大噪。
现在先把尊姓大名对我说仔细。"

意义和风险不在于是不是彼得罗夫。
格列本尼科夫来到区中心。就着菜汤
喝了几杯。他问："哪位是律师？"
"那就是。""律师，我能立遗嘱吗？"

---

1 这是一句俗语，意思是生来幸运，有福气。

“您请便，只要您头脑清醒。我们
需要证件。”格列本尼科夫全明白了。
他去取身份证明，顺带看望寡妇。
他在两套房中的一套很快去世了。

在他的两座园子、两套房子、两本
存折里——我们都能见到济娜伊达。
然而，即便是两颗清醒的大脑
也无法将这样的错误和屈辱容纳。

从此以后，格列本尼科夫经常
出现在山岗，望着妹妹统治的园子。
他总是在第三声鸡叫之前离去。
死后的假期，不同于从监狱获释。

常言就这么说。我该做点什么？
我去了那片地方。格列本尼科夫
朦胧的身影，在山岗上闪烁微光。
不能说，他是个多显眼的人物。

“请问有何贵干？”“我对你感兴趣。”
“文学，你最好就此打道回府。
不是向我保证公平正义吗？凭什么
你们要啥有啥，而我们被批捕？

有个人来到本地，想写父辈的疆土。
孩子们纷纷为他盖起了豪宅。
我领教过苦役，也见识过无赖。
但这荒蛮之地没给过他们奖赏。

我听他胡诌八扯，说什么伦敦大雾，
然后弄来康拜因。他当着领导的面
对大伙儿说：这玩意儿你们玩不转。
可是他又谎称：这玩意儿散了架。”

“格列本尼科夫，这些事情与我无关。”
“我知道。夏天是你弄坏我两套房子
之间的墙角。我本来还想拿块砖头

吓唬吓唬狗，随后又改变了主意。”

夏天我在这儿住过，但他已经死去。
“瞧，这就是问题，是烦恼的根源，”
通灵者答曰，“你为什么从津卡[1]那儿
从敌人和多萨夫会员手上买蜂蜜？

听着，你要赎罪。我那边有个袋子
是为津卡提前准备，里面装着粉末。
你去找她喝茶，再往她的茶里撒砒霜。
剂量大一些，但要从小剂量入手。”

“格列本尼科夫，你怎么啦？你不就
在地狱吗？”“嗯，那我还用担心轮回？
别误会，我这辈子不在乎钱。我认为
思想最重要。别的——都是过眼云烟。”

---

1 济娜伊达的昵称。

他始终在寻觅事业，探究罪恶，
或许因为那边寂寞，尤其是一开始。
帕乔沃村无可奈何，只能以公鸡
在深夜里零星的打鸣作为回应。

我们的角落悄无声息，单纯质朴，
可我们也有变故，我们习惯于毁伤。
眼下令人紧张不安的是春汛泛滥，
彼得罗夫开着他的拖拉机往里闯。

他喜欢这套设备，因为炽热的蓝。
他曾带我兜风。上天的力量将我们拯救。
彼得罗夫贫穷。我舍不得与他分别。
愿他蓝色的小船向谢尔普霍夫漂游。

死亡盯住我们这边不放。突然间
关闭了“地铁”。谦卑的人难免伤感。
我们的第一百零一公里，要么另有想法，
要么在背后攥紧它严厉的铁拳。

请读者原谅我。亲爱的朋友你在哪里？
你怎样看待我们这里的悲欢离合？
但你闲暇时的自由也不失为慰藉。
你可以从图书馆再借一本侦探小说。

1982年2—3月

"八月的空气柔和，甜美怡人"

八月的空气柔和，甜美怡人。
夏日渐渐远去，心灵的意境
宛如石雕的男孩[1]，他入睡了，
比石头优雅，比孩子们坚硬。

像我说的那样沉睡？我去看看。
就在不远处。但膝盖和臂肘
难以穿越树丛里颤抖的月亮，
穿越一簇簇冷如池水的天蓝绣球。

花儿名字柔弱，但意志强大，
向我灌输着主题并道出细节。
可不能忘记我去的地点和时间，
当恣意生长的形象吸引嗅觉。

1 参见《丁香茶碟》相关注释。

我从植物和汩汩水流中穿行，

用鳃吸纳它们，摆动鱼鳍，

奋力开道。我的脚印围绕星星，

气泡似的从夜的表面升起。

1982年

被遗忘的球

一只被遗忘的球（它在夏天惹恼了我）。
橙色的球被遗忘在花园，
立刻成为金盏花的同伙，
轻松地混迹于花草中间。

但它们如何相遇，就如何
相互倾慕。天顶设立自己的白天
在金盏花丛。或许只因为
橙色的球被遗忘在花园。

这便是秋天的原因，是借口，
为动用火刑，惩罚那些从黑暗
到黑暗，跟颜色作对的叛逆，
色彩的权威被孩子们遗忘在花园。

而这座花园！是谁乱发议论
称之为绿色？花园——别墅的纵火犯。
全都美好。但领先的是枫树，
它一直等着球被遗忘的时间。

大地上的火焰彻底沦陷于
并不高明的诱惑。显而易见
它会故作谦卑地解释一番，
宣称球被遗忘在花园。

被遗忘的球早就开始跟我
游戏，我独自在山杨林漫步，
我看着球，寻找金盏花的
余烬。瞧，那儿还有一簇。

过去的正午是美妙的晴天，
将日常的繁冗转化为简单，
以便深入观察重大的情况：
花园里飘雪，球被遗忘在花园。

1982年10月2日

“我只是某种事物的容积”

我只是某种事物的容积，
却足以容纳尘世间的名字。
骨骼和汗水——构筑
它的领地，而非我的肉体。

我不理解这意义，它就像
陌生人，将别人的窝巢侵占，
逼走主人，在窗口蹦跳，
哪怕我死去，也不看一眼。

哦，词语，未道出的词语
在我内心，比我更勇敢地
摇曳！在光芒四射的天空，
我像树枝和树叶一样战栗。

如何为无名的现象命名？
我说不出来，也不会说……
如何称呼词语——不能问词典，
除非你自己向词典说明。

我永远的秘密的压迫者，
在已知的束缚下无从进退。
我四散开来，成为整个世界，
我与这世界合而为一。

存在着什么。没有词语。
爱却从它温柔的源头喷涌而出。
它未来的轮廓已然显现，
随时要为兄弟姐妹们辩护。

这一切多么昏暗，多么荒诞。
谁是谁的兄弟，谁是谁的姐妹？
每个人是每个人的。词语来临
之际，认不出遥远的亲族。

它大口吸入清晰的答案，
亲吻着失去呼吸的嘴唇。
只有词语能践踏虚妄和混沌，
能对凡夫俗子谈论永生。

1982年

指令的声音

指令的声音，这是第十天
我在帕尔申诺的路口等你。
我还要等候在一轮圆月下。
指令的声音，你似乎就在这里。
请进入伤口敞开的果实。
你为何在我身后潜伏？

指令的声音，纵然我犯下
大罪，但我的痛苦也大。
谁像我，同为你钟爱的听众？
浑圆的月亮会原谅我。
但没有声音向我发出指令。
没有指向我的声音。为什么有过？

我不与任何人分享我的月亮，
况且它也不会爱上别人。

生命蓦然发觉死的临近。

指令的声音，在月光下

我与你的缺席纵情游戏。

指令的声音，请原谅我。

1983年3月29—30日

善妒者写给月亮的诗

你呈现，但不完整。何处是你美的
另一半？但你残破的半月形铜币
不必归还我。我是你国库的窃贼，
在图拉和卡卢加之间的丛林里藏匿。

我以我的失眠将你劫掠一空，
当你所有的黄金被埋进谷仓，
我等候月亮，向它讨要白银：
它对我乞丐的手掌总是很大方。

向来如此。但我没料到你此刻的损失。
我月光下的对手如何伤害了你？
四月的第三天，你前往帕尔申诺，
随后成为谁的宇宙的伴侣？

我们有田庄，你们有自己的村落。
你自由地选择，到处都可以栖身。
相比你的永恒，当日的亏空算什么？
今天你的逗留，是因为厌倦了永存？

十七个夜晚，你在哪里纵饮作乐？
可别回答说，你去了太空某个地点。
我也身在其间。但我的时间宝贵：
无暇领会那模棱两可的答案。

离开我的帮助，谁将你置于虚空？
别谎称是地球的阴影或根据科学。
我不习惯于谎言，我想打磨你的光，
好让你比一轮圆月更加圆满无缺。

我会把一切还给你，假如你还有
另一个爱你的傻瓜，炽热的恋人。
我的慷慨无可估量。但愿你的
节俭的储蓄罐，将我的放纵收存。

假如口渴，请喝下那些取悦你的
瞳孔里的黑莓汁和墨水的甜腻。
在我越过滥用的边缘之前，
请向生命索取迷人的残余。

不要吝惜——请从心灵获取滋养，
它为你送来生机盎然的光线。
我的产儿，我的月亮，从我这里
谁的凝望才能继承你这笔遗产？

谁会看向天空，把我的臆想
当成月亮，却不理解其中的含义？
痴心人身上会洒满“我爱”，
这是我用一生为你押韵的短句。

濒死的眼瞳历经沧桑，也要让
薄情者震惊，预先感觉到荒谬。
我不正是为此而寻找和——培育你，

就像虚荣的园丁对果实的贪求？

等我找到时，你的圆润前所未有，
而我要去帕尔申诺，从自己的角落
我不会转头，回望背后的天穹。
再见我的月亮！愿你是永恒和共有的。

我合上眼帘，不让人知道眼睛
如何用力喷出月亮，像喷出泪水。
我的无尽的目光将一直倒流，
流向它的源泉早已干涸的大地。

1983年4月20—24日

帕什卡

他五岁，长得娇弱，畏畏缩缩。
深受糖果的毒害。他形单影只，
不是被狂吻，就是被搡进角落，
挨打后会听到哭腔：对不起，孩子。

他熟知酒类。妈妈、舅姥爷和太姥爷——
水兵出身的锅炉工，全是酒徒。
“这是啥？”他看着书本问道。
他看得入了迷：他没见识过书。

外婆忽而病恹恹，忽而恶狠狠。
或许，她比其他人喝得更厉害。
我们身在卡卢加，但利佩茨克
从她深处吼叫，只要她唱起歌来。

除了我，他没有游戏的同伴。
黑漆漆的迷藏。灯在等候我。
我该做什么？听着："暴风雪阴沉……"
现在坐下写：艾—玛——艾—玛。

这是为什么？正确吗？有必要吗？
天空、暴风雪、黑暗，压迫帕什卡。
但帕什卡多乖巧，多么善解人意。
他多么难过地写道：艾—玛——艾—玛。

我们两个就这样待在白净的人世。
我——内心怀着黑色的秘密。
哦，为了被遗弃的诗歌之子！
我读不下去：艾—玛——艾—玛。

日子就这样过去，每天晚上
多姿多彩的月光从天空降临。
稀奇古怪而又可亲的话语
俘获并改变帕什卡的心灵。

帕什卡时刻等着我，到处找我，
叫我贝尔卡[1]，虽然他从未
见过我那棕红色的同名者：
它本地的同类已被奋力消灭。

但就像所有的狗，善良的帕什卡
时常为它们的惨死感到悲伤。
总之，我们的同胞偏爱肉搏，
尽管大多生活在温顺的远方。

昨天我正在写，忽听一声“贝尔卡！”
我一个激灵，似同名的野兽
为自己可耻的敏捷而羞愧，
从椅子上——跳起，躲到门后。

---

1 阿赫玛杜琳娜名叫贝拉，“贝尔卡”是昵称，拼写和读音跟“松鼠”（белка）一致。

这顿然领悟迷藏的意义的目光，
直到最终的时刻我都不会忘记。
帕什卡老练宽恕的眼神，蕴含
所有孩子的哀恸，隐藏在缝隙里。

帕什卡踏上了伤心的归途，
整支队伍跟在他身后。行进着：
抑扬格、扬抑格、抑抑扬格
抑扬抑格和扬抑抑格。还能有什么？

1983年4月23日

塔鲁萨的星期六

春天友好地开始了：团队中
所有队友都进入花园和菜园。
但是为恐吓它们，也为教训我们，
大自然严酷的力量结成同盟。

向来善待孤儿和乞丐的四月，
露出南方人和异乡来客的面容。
可我们已习惯冬天，不会寻求
它的施舍。我们能应付东北风。

冰消雪融，为我们平添荣耀。
瞧——挖泥船从春汛底部升起，
带头开展紧要、宏大的倾卸，
既然今天是义务劳动[1]的日子。

---

1 即“星期六义务劳动”。

然而在短暂的世纪里，我们
造就了多少五彩斑斓的脓肿
和稀奇古怪、史无前例的溃烂，
好让我们的后代不忘记我们。

义务劳动踉踉跄跄，引吭高歌。
收音机对我们的成就大加赞颂。
遇到恶劣的天气，我们更容易
接受彼此身上退化的特征。

万一那绝望地俯视我们的空间
以同等的力量回应我们怎么办？
义务劳动结束。星期六在天顶。
我途经帕乔沃，前往塔鲁萨。

但还有一些俄罗斯的炉灶
依然关心饮食，冒着炊烟。
帕乔沃的村妇：两个纽拉，两个

玛尼娅，还会将厄运承担。

为帕乔沃的村妇，为这些小屋，
为隐秘的珍藏，为黄色透明的杨柳
是谁在暗中提醒：哦，可别大意！——
莫非连我所拥有的也要被夺走？

进犯者来自不可企及的高度，
村庄面临着突如其来的祸事。
它们急什么？在不祥的星期六，
它们没有理由钻出隐蔽的掩体。

从天而降的暴徒在泥泞中打滑。
我的一双靴子抵达塔鲁萨。
奥卡河上掀起雪的狂飙。
啤酒馆的演说家预言着雷暴。

天空以这两种方式滥用怒气。
看来，这正是我们应得的。

雪花飞舞，伴随电闪雷鸣，
“奥卡河”号的二流酒馆里
一位六级电工正在纵饮。
上述事件之间不存在矛盾。

所有旅客连同弹簧都感觉糟糕。
我们却在“奥卡河”号上聊得
开心，那里的壁炉画在墙上，
壁炉里画着熊熊燃烧的火。

六级电工瓦西里在炉火中烧尽
最后一点工资。各位奖金得主
和同行，我要躲进我和他的
联合体，躲进悲凉哀怨的俗语。

远离你们！但星期六的喧嚣
在四处回荡。我要寻觅救赎。
瞧这条名为伊古姆诺夫的峡谷。
它顶部是复活大教堂的废墟。

那里睡着有名又可怜的男孩，
比石头要软，比孩子们坚硬，
哦，你，十字架上受死之人，
请赐给我希望，当受难周[1]来临。

如有香客去到谢尔普霍夫或者
阿列克辛，再返回来，就会有
秘密消息传给我们：他复活了！
我们说“确实！”一切就会过去。

1983年4月

1 又称圣周，为复活节前一周。

柱子朋友

给格奥尔基·弗拉基莫夫[1]

四月里第二个贫寒的星期，
奥卡河上掀起思念的风浪。
我要经过帕乔沃到塔鲁萨去。
那里正在安排星期六的时光。

这根柱子引导我前往帕乔沃。
它像一位芭蕾舞者，双脚直立
在田野，似乎想起什么东西
比预定给柱子的角色更高。

我的老友，不止一次被赞颂，
它忠实地见证着我的行程。

1 格奥尔基·尼古拉耶维奇·弗拉基莫夫（1931—2003），俄罗斯作家。

我和柱子之间短暂的相会
足以说明我白天黑夜的活动。

它数算我的全程，数算这条
风尘之路沿途上每一颗星星。
柱子朋友，有你和暖阳相伴，
我的暴风雪的里程还剩一半。

我不为此伤感，只是在感叹。
若不去塔鲁萨，又该置身何地？
我已经学会了某种新的忧伤
在四月里第二个贫寒的星期。

里程又是什么？在伤心之地
深沉晦涩的言辞是多么荒唐。
柱子朋友，看，我另一些友人——
就在那边，在太阳离去的地方。

机场附近，趁着片刻的拥抱，
我要尽快从命运手上偷走太阳。
力量耗尽了，血管全都冻僵。
星期六召唤我来到塔鲁萨。

事后，我还会贪婪地回想起
知心的柱子预先知晓的事情。
透过泪水，我望着帕乔沃的田野，
望着再度持续了一周的生命。

天狼星在山谷上空泛起蓝光。
柱子朋友盼我归来。我心怀
隐秘的、不可抗拒的喜悦，
从塔鲁萨出发，途经帕乔沃。

1983年4月

花开的次序

我记得玫瑰色的三月三十一日
如何从天而降。但我不想撒谎，
我要说：它身上有深深的涂痕——
那是拉德日诺峡谷被黑暗笼罩。

就像峡谷掌握了诗人幸福的
话语，忽然间出现了蓝蓝的
蜜蜂花[1]，并且宣称，它是来
追赶一群不太灵巧的蜜蜂。

我以崇敬的目光看了它许久。
有谁不曾赞美这可爱的花，
因为它三次揭开蓝色的面纱：

1 原文为“肺草”（медуница），鉴于其可作为蜜蜂（或工蜂）的俗称，此处根据语境采取意译。

纯粹的蓝，蓝得发紫又发红。

它迷恋帕尔申诺阴郁的云霞，
当那里正在等候明天的降雨，
词典发现了它，称其为“含蓄”：
蜜蜂花凝望四周，而不是我们。

当然，最先到来的是款冬花。
白头翁也为自己赢得动词的
权利，不失时机地为了昏睡
而生长，毕竟这是梦的花草[1]。

接着是山靛、绵枣儿、冰凉的
银莲花，以及亲吻的毒药——
嘴唇祝福尘世间轻浮的女人[2]，
她们如此迷人，被银莲花毒害。

---

1 “梦的花草”系字面意义，原文为“сон-трава”，白头翁的一种。
2 “轻浮的女人”系字面意义，原文为“ветреница”，词形、读音与银莲花一致。

就这样，我送别了花开的次序，
但我知道盛大的狂欢尚未开始，
拉德日诺的稠李花我等了两年，
莫非还能吸入它们醉人的香气？

今年的春天没等考验我的耐心，
就匆匆忙忙还清了所有债务，
比以往都早：四月的最后一天
漫山遍野盛开着稠李的花朵。

我时而跑向它，时而从它身旁
跑回家——来回的运动有损理智。
它已满一周。可我却困倦不堪，
无法向这致命的植物表白爱意。

稠李的灵性为何让我如此忧伤？
凌晨时分，我会接受它的气息

作为一场重大事件温馨的问候，

但不许我的笔与它的名字游戏。

1983年5月5—8日

稠李凋零（之一）

我们一起迎来第十三次日出。
你的魅惑沉重地压在我脑后。
强有力的花，你需要我什么，
你这样折磨我，是不是有错？

我冰冷的臆想，爱上你深情的
毒药而不能自拔，接连十三天
我顺从地把自己献给这项事业，
对萦绕在树上的思绪[1]毫无怨言。

陌生人打不开我的门，他会
把你的气息当作敌对的力量。

---

1 语出俄罗斯英雄史诗《伊戈尔出征记》（又译作《伊戈尔远征记》），原文是“思绪就像松鼠在树上爬行”（据李锡胤译本）。

何必进入！此处是悬崖峭壁。
陌生人退后！悬崖和心，请靠近对方！

稠李，我恐怕难以承受你的
第十三个夜晚。理智被你占据。
我昔日的仆从，本来能帮我，
却蒙昧无知，转而投靠了你。

孤僻的植物，我是你什么人？
我伸出手臂，环抱周围的万物。
谁是你征服的领地，就像我
或者像深知这痛苦的峡谷。

你导致伤痛，但伤痛不可能
停留在峡谷，故而渐行渐远。
你将我失忆的容器填满，
对你而言，我就是一笔田产。

感谢你赐予我以奇异的命运——
成为你外在的轮廓，若隐若现，
省略掉细节——我属于人类，
像远方和周边一样栖息在夜晚。

1983年5月13—14日

稠李凋零（之二）

还没有许诺开花，
就彻底变成焦黑，
还是在它的峡谷近旁
奥卡河巨流漫溢。

而我已在思念未来，
像思念往昔，我告诉
拉德日诺峡谷：这次
我不会忍受稠李的凋零。

再也经不起离别之苦，
眼睁睁望着心爱的
背影消逝，流落在
纷纭往事的长路尽头。

它来了——我们立即
落入相互拥抱的陷阱。
彼此的呼吸混合在一起，
共同的气息充满昼夜。

稠李的统治为期半月。
放大的瞳孔困扰额头。
如果我突然走出房间，
谁读到这眼神都会皱眉。

天旋地转，昏昏欲睡，
无法让烦乱的诗行入梦：
我不会忍受稠李的凋零——
和理由：那就忍受自己的。

我忍着。稠李的汁液滋养
太阳穴的搏动。它是我的
梦呓。但我们互为对方的
价值：我是花朵的狂想。

创作的灵药将自行决定
向心灵施加怎样的意志。
但如果这颗心是屈服于
魅惑的产物，为何如此痛苦？

我还在诉说，我不会忍受
稠李的凋零，但还是忍住了。
我经历了太多的意外。
不，我知道：不能这么说。

1983年5月16—17日

献词

始终是这声音，奇怪的声音。
我也不知道，手法是否得当——
以这种方式处理辛劳的创伤
（伤口暗自反感这举动），
看见红润的女孩的苍白，
从手上接过花束和手的颤抖，
在老式浴室里整理它们——
这次你抱怨说，我的朋友，
丁香侵占了我们拥有的水域，
像年轻的浴女一样漂游。

登上舞台——走出诗稿。
但我神魂颠倒地爱着丁香，
尤其是——在圣白夜城
和涅瓦大街某个街角，
我不能透露它的名号：

我住在哪家客店——
您何须知晓？我并非跟您说话，
而是跟我在角落等候的人。

在角落里等？可能吗？哦，我愿
等得更久，但他如期而至——
否则，那些重要的掌纹
早就会磨平，失去意义。

他不喜欢朦胧的献词，
我只好向传言让步，
以免追踪者牵着猎犬，
在通往涅瓦河的诗行之间巡行。

事关爱情。我该给主人公
取个什么名字？用不着隐瞒
（也无可隐瞒）：他就叫鲍里斯。
这正是风险最小的选择。

哦，我的怯懦习性的向导！
多么疼痛，桥梁一分为二[1]。
夜晚——虽是最白和最短——
我和涅瓦河在这儿，可你在哪里？

害病的眼睛躲闪，生怕忍不住
落泪。桥—断—开—了。再见。
一个世纪以来，医院屹立在
瓦西里岛。它的邻居是码头。

1 圣彼得堡白夜期间，有数座大桥可以开启，以便船只通行。

我要提前说：穿上绒布的
病服，我将适应医院的院落，
而不会从我赠给你的诗稿
走出去，我的朋友。

登上舞台吗？这是何等荒唐！
透过窗口我望着医院的院落。

1984年5—6月，列宁格勒

“正值午夜，而夜晚却被遗弃”

给奥列格·格鲁什尼科夫[1]

正值午夜，而夜晚却被遗弃。
那失去夜色的空白，笼罩万物。
这苍白如昏厥的虚构之城——
不是彼得的作品，是沼泽的梦呓。

可它真的存在，还是另有隐情
让它溜出自己的花岗岩鳞甲？
这是灵魂逃脱负重的肉身，
沿着抬升的桥，沿着寂静的圆柱。

即使不在身旁，我也知道它在哪里。
它悄悄赶赴约会，与那些人相见，

---

1 奥列格·帕夫洛维奇·格鲁什尼科夫（1937— ），学者，是阿赫玛杜琳娜作品的主要研究者之一。

他们的呼吸为它创造了空气，
他们命运多舛，却生性乐观。

没有他们，它便是死亡骑士的甲胄。
它很有教养，否则早已掀翻
阿特拉斯托举的世界，连同
黎明的时光，以致天昏地暗。

它本来想动手，若不是心存希望
并且获悉，当我们这群人散去，
他们都将聚集在相约的地点。
城市得知约定，也将亲临现场。

它永远只归他们所有，对我们
则紧闭心扉，或者说一无所知。
我们恭敬地穿上博物馆的套鞋，
但谦恭的主人并未请我们做客。

好吧，而受到邀请和欢迎的人
也只能立刻响应。开放的拱门在等待。
他们已到齐，同时也担心有人
缺席。他会迟到，但终将到来。

如果不来——那就无非是白夜，
是近在北方的把戏、毕业生的妄念。
你，沃罗涅日以你的受难为荣[1]，
请要求从你暂时安息之地归返。

他多么年轻！电话里的交谈
向他归还了爱慕、认可和友情。
他如此草率——是否还能轻易见到
那敢于探访他水晶的女人[2]？

---

1 指曼德尔施塔姆 1934 年被捕之后在沃罗涅日所遭受的流放。

2 1936 年春，阿赫玛托娃探望了身在沃罗涅日的曼德尔施塔姆，为他写下《沃罗涅日》一诗。诗中写道："整个城市站在冰天雪地里。/ 树木，墙壁，积雪都像蒙上一层玻璃。/ 我胆怯地从这水晶之上穿行。/ 带花纹的雪橇不自信地向前滑动。"（此处采用李寒译文）

何为探访？预感迟迟不能回答。
就让他们在无尽白昼的桥上伫立，
那里，马的意志哪怕四次受损[1]，
也从未真正屈服于人类。

众人云集。幸运的巧合在延续：
每个人都年少成名，靓丽可爱。
但他们美好的面孔为何这般忧郁？
他们的未来早已随风消逝。

个个出类拔萃。但谁如此细致
像清除黑色天花，从我们卑微的特征
清除胆怯模仿和尝试的印记，
使脸上的残迹读来令人心惊？

---

1 指圣彼得堡阿尼奇科夫桥上四匹马组成的群雕。

无字的书依然值得细读。它的
秘密的文字还没有被人擦干净。
光晕还在无助的头脑之上颤动，
人性的目光也没有从眼睛里剥离。

这些人——想让我们摆脱疯狂，
他们眼帘低垂，一句话也不说。
是激情，是思想，是海鸥飞翔
将他们孤独的身影连接起来。

忽而传来喧响，忽而归于沉寂。
他们该离去了。我们会留下来。
是谁胆大妄为，将桥梁一分为二——
为的是船只通行，还是撕裂心脏？

这座获准参加盛会的城
无法忍受会面，精神彻底错乱，

就像那由于病态放肆的言辞
而遭受骑马的君王惩罚之人[1]。

城市怎么办？它醒了，挺直腰身，
乞求着同情，又故作平静，
仿佛只愿接受应得的赞赏。
凭这种姿势——它就屹立不倒。

异乡来客，纸和笔的崇拜者，
曾经记述宫殿，称颂其壮观。
我们不会告诉他，一位有心人
带走了珍宝，留下精致的匣子。

生活——比永恒的荣耀更生动，
更容易理解。绕过宏伟的景象，

1 指普希金叙事长诗《青铜骑士》的主人公叶甫盖尼。

我漫步到夏园[1]，它旁边的池塘里
鱼在孩子们眼前庄重地活着。

亲爱的城，好大的鱼！等它
游过来观望，围观者却走开了。
别伤心！那不可见的，从未退场。
你正是灵魂不朽的证明。

但陌生人多么奇怪地看着我！
他显然看见了黑夜中的事物，
他看不够，只能铭记和接受……
但城市向我耳语：请保持沉默！

1984年5—6月，列宁格勒

---

1 彼得大帝时期修建的法式园林。

“我为鲍里斯感到心痛”

给鲍里斯·梅塞勒

我为鲍里斯感到心痛，
他却把我送进医院，
《医院》[1] 这首诗
代替泪水浮现在眼前。

我想，既然是我们
亲手将诗人置于死地，
总算忍住了煎熬，
还有什么不能忍受。

危机重重的时刻
无论理智多么困顿，

1 指鲍里斯·帕斯捷尔纳克的诗作《在医院》。

关于戒指和匣子的诗[1]
足以抚慰他的心。

难以忘却奇妙的诗行，
仿佛这是我的钻石，
正要躲进黑色的丝绒，
就有人来向我索取。

一场虚惊！原来是
围栏把我与街道隔开，
生活诧异地苏醒过来，
凝望着医院的院落。

它喜欢院落，不亚于
喜欢床和可口的汤饭
以及病人的笑谈，

---

1 指《在医院》结尾两句："你攥住我，像攥住一件制品，/ 你收存时，像把戒指放回匣子。"

称他多么苍白和寒酸。

检测了自己是否完好，
生活开始遣词造句，
说起院子里躺卧着两只
快乐无比的铁狮子。

变野的狮子，习惯了
人把脸颊贴向它们。
它们柔韧的脖颈发誓
报之以狮子的感情。

因为略微与众不同，
因为不大精明的样子，
从医生到病人——
全都对我相当和气。

威严的教授，带着助手
走进来说：“您的狮子

怎么样啊？”大家笑起来，
笑我胆怯和没有笑。

我觉得所有人都正确，
我深入探究命运和姓名，
花园里，他们可怕的
欢闹声也不是很烦人。

我看到肉体的衰败
和严重受损的精神，
却又想到星期六这天
亲人会来看望他们。

一包包有害无益的
食物、长椅上的拥抱——
这有碍观瞻的假日
在我看来熟悉又亲切。

对这世界我好像不必
承诺，也无所亏欠——
贪婪的灵魂纠缠着
生命华贵的钻石。

晚霞和朝霞的光焰
同时从天边升起。
传来了追问："莫非她
还在跟狮子游戏？"

严厉的目镜审视着
人生最后一场游戏。
但这并不能否定
关于戒指和匣子的诗。

1984年6月，列宁格勒

“不知此处是禁地”

不知此处是禁地，我就走进去。
我走错了门。我并非为此而来。
虽然这是巨大而又严重的错误，
却没有人留意门后无谓的虚空。

渺小事物出入深渊，并不新鲜：
没有它们，思想渊薮会沦为浅滩。
但深渊守护者禁止我涉足诗歌：
诗歌令人神伤，不可能被书写。

请怜悯我。**你**的旨意在那里实现。
可我却迷失在白茫茫的走廊。
我把自己的心跳传递给那人，
他认为是荒唐的滋扰，拒不接受。

他仿佛从他遭遇的生活中醒来，
为平凡的磨难，为熟悉的痛苦。
那一刻，他意识到此前种种无意义
之深意。哦，多么宝贵，多么奇妙！

医生将生命强行注入冷冰的躯体，
挽救了濒死的瞳孔，延续着生机。
知识进入眼眸——以换取意识。
我看见了知识，而不知其内涵。

乡间别墅、懒洋洋的吊床、草地
和爱的声音："孩子，这就是雏菊。"
然后是一道光。但花的形状
和它浓烈的香气使我头昏脑涨。

我把他人的瞬间据为己有。生者
没有此种经历。我愧疚的眼神黯淡。
谁看见那不该提前窥看的，谁就
请当心，别作声，哦，哪怕别作声。

1984年6月，列宁格勒

“星期日来临，我没有一丝忧伤”

星期日来临，我没有一丝忧伤，
只因医院外表落寞，神情僵硬，
里面却有许多事件、活动和感受。
病人手扶阳台栏杆，来回走动。

同样孤独的病痛和蹒跚的步履
驱使人们展开（忽然我忘了词）交往。
只有一位死者在底下是孤零零的：
卫生员抛开病床，跑去找搭档。

他大概从未经历过这样的孤单。
我们摸摸索索，胆怯地抱成一团。
就连他今晚过夜的阴冷地下室
也得到看护：我认识好心的看守。

但也许他还不曾被人如此爱过，
阳台上所有的目光径直投向他。
刹那间，爱的同情凝聚在他身上。
这是恐惧的心灵依偎生者的秘密。

所有见证者都暗自祈祷。不知外面
情况如何，但无神论衰颓的现象
在这里显而易见。每个人都期盼
抚慰人心的秩序出现天花板之上。

一高一低的两端托起覆盖的被单。
老兄，想必你已经走遍俄罗斯。
她累坏了你一双伸向天空的腿脚。
别了，兄弟，这不是你的星期日。

谁又能知道。万一母亲领你入殿堂：
“万福啊，童女！”[1] 我忘了赞词。
卫生员来了。你自己活得也不清白。
何处是你的灵魂？暂且与我同在。

1984年6月

1 天主教或东正教请圣母玛利亚代为世上罪人祈求神恩的传统祈祷文。

“无论身处何种境地”

无论身处何种境地，
为捕捉思绪，消磨时日——
我始终在玩同样的游戏，
从中获得许多乐趣。

我知道：嬉笑的天性
隐藏在自然和事理之间，
唯有不开窍的懒汉
注定与它不相干。

我喜欢各样东西
假装正经的模样，
行为举止多么得体，
卖弄聪明也很迷人！

当温柔的斯莫尔尼女生[1]
闪动睫毛，顾盼生辉，
连罪孽深重的老人也会
在缀满勋章的胸前画十字。

世间万物多么稚嫩！
所有的物体和生灵
都像被推进角落的孩子，
垂头丧气地渴望嬉戏。

一旦发现自己被关爱，
它们会无比欢欣，会有
无数馈赠！互惠之情
恰似小狗或正是小狗。

1 沙俄时期斯莫尔尼贵族女子中学学生。校址设在圣彼得堡斯莫尔尼宫。

我完全迷失了方向！
就让我或随便什么人
用手拍拍我的后脑勺，
将思维归还给头脑。

没等唤醒我的脖颈，
窗外的景象就来到窗口，
它的闯入，逗引着
贪欢的皮囊里的怪物。

难道可以否认那名字
被嘴唇遮掩的事物？
诗歌因思想而愈显沉重，
略为笨拙也无伤大雅。

愿它保持愚钝和自由。
理智对我失去兴趣，
染上了白夜的病症，
怎么办？用不着理会。

开始吧：我在医院
收到一本邮寄的书。
它旁边常有鲜花相伴，
这是因为善的眷顾，
因为卧病之人的任性
往往受到纵容。

病房里有位住户：
自己创作，自己阅读。
读者急切地向作者
询问：结局如何？

我对他讲述我的游戏。
我打开那本珍贵的书，
给“花儿”这首诗[1]
送上一朵小花。

哦，有过多少往事：
在那美丽的河谷，
我追寻稠李的踪迹
或者只是随意漫步，

在莫斯科郊外胆怯的树林，
在奥卡河附近的丘陵——
无奈地洒落一行行
并非我想要的虚线。

---

1 指普希金的诗作《一朵小花》。

隐秘的激情和执拗的
愿望，促使我拿起书卷，
有时是我的，有时是借的，
有时取自朋友的书架。

雪花莲和蜜蜂花
以及随后降生的花草，
熟练地连接起纸页，
与可爱的诗句一道成长。

对物质的物质性
一无所知——一朵小花
从容地克服了
蜡菊的夭亡。

不知不觉间，在树林
或田野，它就长大了。
但我把多少囚禁中
生长的玫瑰献给了它。

我怀着怜悯，亲手
剥夺了玫瑰的绯红。
严冬来临，我会愉快地说：
“请赶快带走它。”[1]

在这个无助的世界，
在悲剧重重的此岸，
我向我的失言和错误
献出自己，连同手里的花。

欣慰的是，我的小花
仍将留在这么多书里，
而我的过错只在于游戏，
我的面容不是黑色。

---

1 此处借用普希金《叶甫盖尼·奥涅金》第四章里的情节：“当严冬来临，寒气肃杀，/ 田野里闪着银光……/（读者开始等候玫瑰的韵脚）；/ 好吧，请赶快带走它。”

还不存在的匿名者
并未把玫瑰交给花瓶，
而是会延续一朵花和另一朵
之间无尽的联系。

因此——才会这般欣喜，
两道霞光映在同一个窗口，
而他也喜悦，他丰沛的
天赋，永远对我宽厚仁慈。

1984年6月，列宁格勒

医院走廊里的圣诞树

医院走廊里有棵圣诞树。落入
这苦难的境地，它自己也惶恐不安。
列宁格勒的月亮照进我的窗口，
待了片刻：有许多窗和许多停留。

一位老妇，在人世间苦苦挣扎，
月亮移向她，一阵窸窣的响动
努力向同屋，向她们脆弱的噩梦
掩饰秩序的毁坏和禁忌的啜泣。

病人们不见好转。但终究是平安夜。
明天有人会等来消息、礼物、重逢。
生与死相邻，床位不空闲——电梯在夜晚
咯吱作响，使病床的下降保持平衡。

万福啊，童女！你把婴孩带进黑夜。
没有给盼望留下别的理由，但它们
如此重大，多到数不胜数，地下的
无名隐士也会得到安慰和赦免。

走廊里的圣诞树——是泪水的原因
（谁也不想要，是护士让人拿来），
心在跳动，甚至听到远处传来呼唤：
“喂，快醒醒！快看伯利恒之星升起。”

确切无疑的是：畜棚里母牛的喘息，
星相家的匆促，未经人事的母亲的
臂肘，守护着额头带有神奇记号的孩子。
其余都是谬论，是冗长易逝的谎言。

对这具毁于劳动和战争的病体而言
有什么比这简洁的一幕更重要，更喜庆？
但大家责怪她喝酒，谴责她的罪过，
自己却用鱼骨般乏味的理论喂养心灵。

我看着白昼在十点钟才显露曙光：
似水滴，似荒诞的黑色灯盏闪亮——
从窗口到窗外。但共同的睡梦中，
小小的铃铛在圣诞树上不断鸣响。

放亮的天空是如此虚弱，平淡无奇，
颜色少于粉红，源于怯懦而非勇猛。
仿若紫晶在少女的脖颈上闪烁微光。
看看温顺哀愁的十字架，众人低下了头。

等到起床时，不情愿地睁开眼睛——
电车沿着暴风雪疾驰，里面金光闪闪。
人们像孩子一样挤到窗前——瞧这电车
像脱钩的鲈鱼：浑身是火红的斑点！

坐下吃早餐，争吵，累了，躺下睡觉。
眺望窗外，列宁格勒虚无缥缈的风光
足以让我流泪和爱恋。“您不需要
来点儿别的？”不，什么都不需要。

我早就背负骂名，说我写得空洞无物。
我这空洞的写手，在走廊里望着同胞。
开恩吧，圣母！请儿子同样怜悯我们。
在他的诞辰，请为每个人哀哭和祈祷。

1985年12月25日

“以不朽诱惑灵魂”

献给亚历山大·勃洛克

以不朽诱惑灵魂，
驱散其余的一切，
白茫茫的长夜
停留在医院的窗外。

周围的雾气、附近
叹息的海港，都已到齐，
剧中人也聚在一起，
梦想着主要角色。

夜晚转凉的时候，
他们要表演什么？
一个个无声的谜团
编织厄运的情节。

我不愿惊扰这名字，
它的首尾两个音节
完美地包裹着
猜不透的秘密。

道出——并隐藏一切。
完全透明——和幽暗。
名字流传得越广，
就越是令人费解。

这是禁忌的秘境，
是打不开的椭圆形吊坠，
它的启示像迷雾
缭绕在年轻的心中。

当他看见泥炭的旱地
在车窗外闪耀，就知道
未来的灾难多么可怕
和巨大，并渴望它们。

原因何在？神秘莫测的
玄机与他随身相伴，
姑且让外邦人称之为
俄罗斯、劫数、命运。

透过尘与雾，他见到什么？
什么样的光芒将他吸引？
或许，我们也能从中感知
某种界限之外的存在。

比天才更有洞察力，
并不精通恶的思维，
他只是预见了悲剧的高度。
我们看到的是它低微的本质。

哀泣与困顿的时代
让他怀有怎样的期待？
他无法忍受庸俗的答案，

以至神色黯然，面目不清。

歌者寻觅痛苦，只找到
一种：无意停止歌唱。
循着饱经沧桑的声音
他独自远去，保持着清白。

他接受昔日同伴的
诅咒，温顺地坠入
险恶的怀抱，为那些
残害他的凶手祝福。

这安静的死的行为
是如此纯粹和深沉。
人世间众生芸芸，
唯独诗人按时离开。

大自然只有这一张
面孔。而我们只能
望着，白夜的玫瑰
纷纷落在他脚下。

1984年6月

“幽灵般阴森的疗养院”

幽灵般阴森的疗养院——
国外来宾的乐园。接待他们的
是一个眼神直勾勾的怪物
（看来找不出更端庄的老者），
这位大门的首领是如此邪门，
让人不免担心起悠闲的游客。
基里尔[1]和费拉蓬特[2]是否原谅
我也在客人名单之列？

我是无辜的。门路是畅通的：

---

1 即基里尔·别洛泽尔斯基（1337—1427），“白湖城的基里尔”，莫斯科西蒙修道院修士大司祭，基里尔-别洛泽尔斯克修道院创始人。

2 即圣费拉蓬特·莫扎伊斯基，俗名费奥多尔·波斯科钦（1337—1462），莫斯科西蒙修道院修士，费拉蓬特（圣诞）修道院创始人。

“国旅”[1] 女郎爱好诗歌。
只有一群芬兰人，芬兰沼泽来客
感觉不到任何险情，
当一位美人儿抬起
地狱般冰冷的目光。
但我很少出入这冰冷的地狱：
我的眼睛总是低垂。

窗外即景：松树和“梅赛德斯”。
松树下的欢宴喂饱了我的耳朵。
为恶行而生的服务员，
势必沉湎于琐事和胡言。
祖国，你卑躬屈膝
寄居于此，仿佛身处异乡。
但我在夜晚的混乱心情
始终怀疑你是奇迹。

---

1 “国际旅行社”的简称，隶属苏联外国旅游事业局，是涉外旅游单位。

我没有迈出房间一步。
女招待（浑身是碍眼的
斑点）陷入了沉思：
是因为我可怜还是愚蠢？
“保时捷”驶入我视野以外的
峡湾和沙丘，景色会更壮观。
可是除了思念，没有任何邮件
能把我的忧伤传给久尼娅大妈[1]。

为了忘却基里尔的小城，
我前去体验另一种生活。
值班员挺没眼色，倒也麻利。
哦，我只去快餐厅，不去酒吧。

---

1 20世纪80年代，阿赫玛杜琳娜几乎每年都去白湖城度夏，并结识了当地一位农村女性，即诗中的“久尼娅大妈”。阿赫玛杜琳娜为她写下长篇散文《意外（日记）》，赞扬她“本身就是俄罗斯的形象”。此外，俄语里“久尼娅”与“沙丘”读音相近。

芬兰人兴致勃勃。我为他们高兴。
喝得多畅快，穿得多喜庆。
随他们去吧！毕竟是人家的峡湾。
而我是弃儿，阴差阳错被收养。

恩人们面带微笑看着我：
当心，要是你说漏了嘴[1]。
但总不能在客人面前流泪吧？
养女壮起胆子，喝白兰地。

芬兰人问："您从哪里来，夫人？"[2]
跟国外批发商聊聊也不错。
"我从魔鬼让我们增长智慧，
施展才华的地方来。"

---

1 此处是作者的内心独白。
2 原文为英语。

他震惊了：——才华和智慧？
莫非敝公司不看好这些特质？
难道我不该投奔他们的商行？
谢谢，不用——我感谢芬兰人。

幸运的是，从芬兰人到侍应生——
斯拉夫骄傲的子孙，谁也没留意
那荣誉感爆棚的人在说什么，
而通古斯人则不得进入营地。

谢谢，不用了，我在这儿感觉良好，
在不朽的滨藜终将埋没我的地方。
而不远处基里尔的白湖城
也将湮灭在永恒的水底。

这么说，久尼娅大妈九十岁了——
芬兰人把话题转向建筑，
然而她的后辈的强大民族
一心盼着芬兰的成套配件。

我笑了。我的对话者也开心。
他说要为这座赫赫有名
近在眼前的城市供应家具，
由于不得闲，他原先没来过。

若不是他，谁会把这些杂乱想法
联系起来？既然住在这离奇的
汽车旅馆，最好还是多些笑容，
否则，你准保会发疯。

快餐厅里欢声笑语，其乐融融，
我在欣赏一个年轻的芬兰姑娘：
她是多么靓丽（尽管有些胖）。
我走出去，走向一座陌生的房子，
在过去和未来的苦海之上
费拉蓬特开口说道：
“地是空虚混沌，渊面黑暗，
神的灵运行在水面上。”[1]

1984年6—7月，“奥利金诺”汽车旅馆营地

---

1 引自《圣经·新约·创世记》第1章第2节。

借宿[1]

原本不会爱上这陌生的房子，
这里有个陌生的声音，责备
过路人还不离去：按照常理
人在旅途难道不该四处漂泊？

或者爱上陌生的房子和声音：
让自己变得卑微，跻身其中，
成为周围存在的寄居者，
放逐自我，与陌生人共存？

---

1 本诗标题为“постой”，但此处并非动词命令式（“постой”作为动词“постоять”的命令式，在口语中表达“等一等”“别忙”之义。——译注），而是名词，意思是在某地住宿或借住。不久前，就在今年夏初，我确实成了作曲家创作之家的房客。作曲家们为我的工作提供了丰富的资源。于是就有了《借宿》和《远远看见一座房子》这两首诗……权当为他们的音乐而作的谦卑献词，而音乐才是屋子真正的主人，我是偶然的过客。——作者注

周围是春天的荒凉和美丽，
潮湿的沙地通往捷里奥基[1]。
客人埋头写作：哒—哒—哒——
将生硬的口授关进文字里。

他一整夜都听到陌生的强音：
那是前一些房客的虚构
摆脱头脑和手指，借着绵延
炽热的月光，萦绕在窗口。

但谁曾驻留，谁的错乱的旋律
被遗忘，或者变成废弃物？
不知情的倾听者沉默不语，
心神不定。没人问他来了多久。

1 俄罗斯列宁格勒州芬兰湾沿岸城市，1948年起改称泽列诺戈尔斯克。

声音比渺小的幽暗更漫长。
隐士病了，但他渐渐习惯
出入陌生的声音和房子，
只为满足它们任性的意愿。

他被驯服，灵魂被改写。
黎明时分，删节号草率地
编织出无形的钢琴曲，
随后又化作均匀的碎片。

客人将永远离开陌生的
声音和房子，永远怀恋
两种音乐的纠葛。他不说
身在何处。大约离幸福不远。

1985年5月11—12日

“所有崇拜都是大灾难”

所有崇拜都是大灾难，
相互疏离，难以中断。
如此持久，甚至在墓碑旁
也只能低头，不敢面对**你**。
我甘愿接受地上显明
但不狂暴的敌意。

夕阳下，海湾吹送阵风，
我像个乞丐被逐出门廊。
但这只是冷笑而非诅咒。
十字架比十字架的铸铁高尚。
嘲讽，实为选民的事业。
结局终归是一团迷雾。

1985年5月12日

带塔楼的房子

没等月亮完全露脸，晚霞
就已消退——光从何处来？
吊床大张着可怕的网。
啊，这是五月，与黑暗无关。

湖岸上有座华美的房子。
花园里有吊床。网漏掉一切
但不空洞：逝去的时日
俏皮、慵懒地躺在它怀里。

遥想当年，睡意在网中摇荡，
斯特林堡的卷册从手上滑落。
可我说的是房子[1]。对房子的
描述，不可流于随意和草率。

---

1 此处“房子”（дом）与“卷册”（том）构成谐音。

设计：富丽堂皇的城堡，
最上层是塔楼尖顶和彩窗。
城堡的主人是个美人儿。
“我的天使，请发号施令。”

丁香和马林果的枝蔓之上——
阳台面朝峡湾，视野开阔。
客人、烟花和无尽的欢聚。
五月里，是否有人为他们祈祷？

结构：房子和岛屿相连，
为邪恶之海中思考的桨手。
这里有位大哲学家[1]（也是诗人）
宣称：再不能这样活下去！

---

1 此处哲学家是格奥尔基·伊万诺维奇·丘尔科夫（1879—1939），他也是象征派作家、“神秘无政府主义”理论的创立者。1906年在彼得堡创办《火炬》丛刊，前言里发出“再不能这样活下去！”的呼声，似乎回应了契诃夫《套中人》里的名句：“不成，不能再照这样生活下去了。”

这里夜晚多美妙！但主人们
都不在。晚上在家可真荒唐。
是该了解一下："流浪狗"[1]
临近晌午才放他们回家。

我发现一点：也许只有
那间著名地下室的神秘女宾
从未涉足此处，或者
来过一次，就再也没来。

清晨时分的宁静和惬意。
漂亮的芬兰姑娘端来茶炊。
中学生谢绝喝茶，令众人
汗颜：再不能这样活下去！

---

1 1911—1915年间圣彼得堡一家地下酒馆，由导演和演员鲍里斯·普罗宁开设。白银时代许多著名文艺界人士，包括阿赫玛托娃、曼德尔施塔姆、梅耶荷德、苏杰伊金，以及诗中提到的萨普诺夫，都是"流浪狗"的常客。

房子的布局——透出自由
而荒诞的喜气。昏乱的假想
超越现实：万一离开此地。
何必？房子、塔楼、槌球怎么办？

舞会、戏剧、茶饮、争论
发辫、红晕、脆弱、轻纱——
以及跟歌唱分离的细嗓子
放声啼哭：再不能这样活下去！

彼此相爱，始终欢笑，偶尔
开枪决斗，热切地盼望新闻。
带塔楼的房子，现在是胆怯的
房客，被故土遗弃的怪物。

谁都不在。难道那无名的
亡者，那用破了他的吊床
把生锈的洗手盆钉在松树上

把门窗缝隙堵住的人也不在？

天还没黑，就早早亮起来。
房子多少年了？不到一百年。
这里曾有多么兴旺的生活！
这些都在哪里？真的有过吗？

我爱上了房子，连同排水槽
雕花的图案，而我最爱的是
带尖顶的塔楼和彩色玻璃。
透过每块玻璃我是什么颜色？

我觉得，房子也注意到我。
我步入峡湾，站在礁石上。
房子又活了，又有了灵气。
我看见房子、客人、孩子、家。

从厨房到酒窖，金发的芬兰姑娘
多么欢快！她是多么可爱！

最不幸的是，小儿腮腺炎
吓怕所有人，而这也过去了。

我就这样跟房子和峡湾游戏。
我只为这件小事忙碌。
彩色玻璃背后，不知是谁
在取笑它们与我相互倾慕。

一切如此和谐！同样的天气，
同样的杯盏：再不能这样活下去！
才是一二年五月：有理由
等候萨普诺夫[1]前来晚餐。

1985年5月12—13日

---

1 即尼古拉·尼古拉耶维奇·萨普诺夫（1880—1912），画家和戏剧艺术家，曾预言自己将溺水身亡，最终不幸应验。下文《玫瑰的行为》一诗中写到他的命运。

“午夜昏茫，黎明将至”

午夜昏茫，黎明将至，
虚幻的幽暗充满紧张感。
光明之前与光，像海湾与海
交集在心中，相互纠缠。

怎样看清它们秘密的结合？
水与水的分界我看不见。
前夕永远比事件神秘——
这便是我在此岸的印象。

这般锐利，几乎令人失明，
如此幽微，以至玄妙地鸣响，
我守在窗边，却想不明白：
海湾如何将自己照亮？

偏爱哪个：失眠还是睡梦？
隐蔽的事物在梦中清晰可见。
我盲目地翻开勃洛克的手记。
凌晨五点，周围漆黑一片。

但不完全。否则我如何读到
这些话语，理解其含义：
“黎明时分是多么绝望。”[1]
我眼前的景象豁然开朗。

我走出门外。雄浑的北方
拍打我脖颈，向张开的鼻孔撒盐。
我逆着黎明，前行到岸旁，
从砾石的海滩步入海湾。

它是海。我停留在那里，
在巨岩断裂的边缘。

1 此句出自勃洛克 1913 年 8 月 4 日手记。

我不知道，混沌的波涛
意味着暴怒还是悲怜。

是的，别说浪花只不过
舔了舔穿在脚上的橡胶鞋。
也别说什么放纵和蔚蓝：
命运背负着永恒的重担。

礁岩深知大海隐秘的思绪。
但它已经适应。多年以后
我却只能凭借偶然的细节
初次盘桓其间。请原谅新手。

“黎明时分是多么绝望。”
可是天亮了。不再需要光明。
消息灵通之人，难道会
假模假样地寻找希望？

忽然，岩屑燃起大火：
巨人的额头仰望太阳。
坚实的肉身粗野又敏感，
回应我的一双手掌。

“黎明时分是多么绝望。”
我在岩石上漫步多么愉悦。
只有音乐承载重大意义。
而常理永远有悖于音乐。

1985年5月13—14日

“望见那房子，我愕然无语”

望见那房子，我愕然无语，
不由得爱上房子的蓝色。
但今天海湾的色彩多奇妙：
隐约可见，颜色却不存在。

海水任意幻化，但描绘水的
词语同它的颜色并不搭配。
关于颜色的名称，你这蓝房子，
不要想别的，只能是更蓝！

窗口却是黄色的窗帘！
蓝黄相间的斑点给人以安慰。

而草台戏[1]之家的囚徒
不见得比皮埃罗更快乐。

我听见音乐，墨水则把
音乐留下的痕迹圈起来。
正如苹果饱满，可惜生了虫。
这些墙壁的宁静也残缺不全。

不知是生病的耳朵听到
梦幻和泪水的双重痛苦，
还是孤单的降音符难以入眠。
后来，一切都归于沉寂。

你啊，我未来的继承者，
谱写总谱的神秘作曲家！

---

1 草台戏是流传于欧洲民间的古老戏剧形式，具有讽刺、戏谑、神秘的特征，而后文的皮埃罗这一传统角色，源于 16 世纪意大利民间即兴喜剧，本诗中系指勃洛克象征主义剧作《滑稽草台戏》的主角。

凭借激情，你不可能取胜：
陌生的和声会由此而生。

请原谅我吧，原谅我
心灵的晦暗把你照亮。
你将永远思念海湾。
月亮打算带给你温暖。

然后离去。强硬的声音消失，
但它从未损伤你的琴弦。
请你爱我小小的蓝房子，
爱窗帘上的毒物和黄色。

它们与无害的秘密相关。
我无法将它们彻底抛弃，
像抛弃近在我敞开的窗口
此时却看不见的海湾。

海湾、谜和薄雾又是什么?
我问过了——答案等得太久。
或许，年轻勃洛克的名字
更适合视线以外的颜色。

1985年5月14日

岸

给列夫·科佩列夫[1]

是否可以换取海湾，
用跛脚、空手的房子？
无须回忆有过什么，
或者在渴望和痛苦中回忆。

偏爱异域生活的碎片
和城郊的烟霭，胜过
遥远故土的废墟——以为
那是关于勃洛克的消息。

连绵不绝的思念
无助于病中的勃洛克，

1 列夫·季诺维耶维奇·科佩列夫（1912—1997），俄罗斯作家，1980 年迁居国外，长期生活在德国。

而那只应许的柠檬
只能把些许健康添入茶饮。

但感觉太强烈，像有个
欣喜的日子，希望的日子。
日子就隐藏于此，就在
此岸——可究竟在哪里？

在黎明的礁石和沙滩上
寻找这日子，绝非罪过。
但选择此项事业的母亲
难道不是冷漠无情？

心肠坚如铁石，把孩子
遗弃在破败的育婴堂，
使他们虚弱，只为那些
度过欢乐童年的人落泪。

命运的暗示、不幸的征兆

人人都能听到，却不理解。
被奉为绝对权威的理智，
不识阿兹、布吉和维基[1]。

但房子神奇地耸起尖顶！
节日前夕和果酱，
天使的日子和烟花，
儒勒·凡尔纳镀金的卷册。

失落、受难、衰老——间距
越来越短，相较于彼得堡
到谢斯特罗列茨克、库奥卡拉
和捷里奥基[2]的旅程。

这些幸福驿站的安适
必将延续，只要不被杀死：

1 俄语字母 абв（相当于英语字母 abc）的古斯拉夫语名称。
2 谢斯特罗列茨克、库奥卡拉、捷里奥基均为芬兰湾沿岸疗养地。

前方毕竟是——罗斯托夫
巴统和伊斯坦布尔[1]。

再往前，圣女热纳维耶芙[2]
用简陋的十字架祝福世人。
就这样吧。但直到后来
才有长久和短暂的一切。

起初——女士和先生
给法兰绒贴上蕾丝花边。
世上人与事转瞬即逝，
但不包括荡秋千的儿子。

十字架下，并非每个
青春少年都死于羞愧。

---

1 苏俄内战期间，这三座城市构成白军撤退和迁移的路线。

2 圣女热纳维耶芙（约 422—约 502），是巴黎的主保圣人。此处意指巴黎郊外的圣热纳维耶夫 - 德布瓦公墓，这里埋葬着许多俄罗斯侨民和文化名人。

但圆环[1]在沙丘上滚动，
六月的天空有两只眼睛。

先生和女士——拥有
同一副面容，决定
历史的创作和结果，
决定其胜利和终结。

那么儿子呢？不必知道。
他的秋千上下摇荡，
年轻的母亲脸色苍白，
法兰绒的蕾丝花边就要脱落。

在克里米亚，英雄中尉
像他一样，骄傲地死去。
不，他是孩子。圣诞前夕

1 原文为“обруч”，金属或木质的环、箍，儿童手持铁钩或木棍使之在地上滚动，为传统游戏的一种。

他会收到怎样的礼物！

神奇地耸起尖顶的房子呢？
那里似乎设有什么机构？
并不是。那里锁着圣诞树。
哦，你的诞辰举世欢庆！

你是慈爱的，请敞开门！
土耳其冷杉是否已习惯
耳环、手镯和镣铐？这是
在哪里——彼列科普[1]附近吗？

算了吧！请怜悯孩子们，
因为这个世纪如此漫长，
他们的林荫被砍伐，
他们不信神的圣诞树真可怜，

---

1 指彼列科普地峡，历来是通往克里米亚半岛的重要通道。

因为非语言和非拉丁，
因为孤苦的心灵要比
没有烫金切口的书更惨白，
因为勃洛克更令你伤恸。

我也感到遗憾。后来
我才独自站在海湾之畔，
用执着、忧郁的目光
注视着一群陌生的孩子。

有什么用，白天举火把
寻觅去年的雪和田野的风？
但总要有人这样站立，
倾尽一生——还要更久。

1985年5月14—15日

玫瑰的行为

纪念尼·尼·萨普诺夫

“多美丽多新鲜……”[1] 哦，多新鲜
多美丽！五朵不同的玫瑰。
世间万物各有模仿者或替身，
但玫瑰和玫瑰各不相同。

四朵玫瑰同时凋谢。但张口
贪婪深呼吸的是主要的一朵：
当喉头想要元音——玫瑰
便发出国王和狮子的吼叫。

不，并非如此。在我耳畔
或者在我的臆想中，曾经

1 此句最早出自伊万·米亚特列夫《玫瑰》一诗。后来被屠格涅夫写入散文诗《多美丽多新鲜，有朵玫瑰花》。

缭绕着绝望低落的女低音：
大地深处喷出火山的叹息。

高亢的言语和歌唱我听不到：
总觉得它们既琐碎又渺小。
玫瑰的劳作是吸纳。它不能休息。
努力吧沉默吧，我的珍宝。

但玫瑰若无声音，哪有气息？
它一旦枯萎，响声随之沉寂。
请原谅我放肆无礼的问题。
哦，我的女士，我们来聊聊。

怎么可能！玫瑰可不随和。
万一香气是从它心灵逸出？
它的第八天。它依然新鲜。
上帝啊，这些语句多美丽

多新鲜，完全没有意义
而又温情脉脉，惹人厌烦。
而玫瑰免遭注定的死亡，
活得健康——这有悖于常理。

黎明。蓝色的晨曦。玫瑰的
喉咙似伤口，向窗口和凄然
显露黑红色的女低音敞开。
是我听到的，还是感觉到的？

并非凭命令，而是凭君主的
吁请避免争论。我迈向海湾。
“哦，别戏弄我伟大的玫瑰！”
我恳求道，并把玫瑰交给它。

漂游吧玫瑰，将深渊点缀。
你已经选择。明亮轻盈地漂吧，
从捷里奥基水域到喀琅施塔得
是死亡之路，好在不太远。

覆亡之夜，像亲爱的艺术家
献身于波浪，为灾难的世纪。
埋葬这个世纪的海岸，
你不见得能活着游到。

最好是在命运和荣耀的波峰
预先感知，但要逃避知识。
他匆匆忙忙！神经多正确！
人生在世只有一次如此急切。

这不仅是死去的身体
在水波无形的窒息中摇摆——
希望的时代结束了，
破灭的气氛蔓延开来。

你们会相遇。你们彼此值得：
同一种姿势，同一副口吻，

正如杰出人士交往的惯例，
富有的“药剂师”[1]不在其中。

我走进房子。水杯呆愣着。
另一朵花舔吮杯中的汁液。
但深沉的女低音清晰可闻，
嘴唇呼出的气息依然芬芳。

悼念玫瑰的昼夜就要逝去。
一片蔚蓝和虚空。那是
骄傲的玫瑰自己的行为，
与我不相干。我配不上玫瑰。

1985年5月15—16日

---

1 “药剂师”（фармацевт）在此专指1900—1910年间与艺术没有直接关联，对艺术并不熟悉的人。

“这座岸，只是两道霞光交缠的呓语”

这座岸，只是两道霞光交缠的
呓语，属于两个力量悬殊的
时代，属于两只手掌——扑打着
蚊虫般恼人又琐碎的谬论。

祖母绿般的萤火虫，舞姿乏味。
历史学家微笑，植物学家痛哭，
哲学家在思考，今后如何命名
不祥的预感与作战行动的冲突。

时间很快会证明，正确的不是
勇猛斗士，而是好人昆虫学家，
他可怜化为尘土的花粉：不能飞，
也不发光——未免黑暗又可怕。

新的翅膀还没来得及长成，
虽然爱过，等过，呼唤过谁。
醉酒和邪恶的丑八怪疗养院
已是嘴脸歪斜，步履蹒跚，

单独来看，这张脸却凄惨兮兮。
购物、包裹、行囊，周而复始。
莫非我是这些书的作者之一？
不，我更亲近面相痴呆之人。

五月里，心灵该怎样活下去，
当新鲜的海风撕扯花蕾，
铁锤致命、绝望的击打
落向存放邮件的杂货柜？

我去邮电局打电话，说自己
活着，爱着。我爱着并死去。
哭声像风筝一样，飘荡在
连接当天业务的电线里。

是泪水映衬春的绿意，还是胆怯的
女孩见到大海，眼睛呈绿色，
或祖母绿般的萤火虫还活着，
只是隐藏起来，把经验留在地面。

它注视！它怜悯！它不介意
抚摸过度劳累的佝偻脊背。
它就要飞走，只把祖母绿般
奇异的星光带给那冷漠的脸。

1985年5月27日午夜

我的威尼斯

给约瑟夫·布罗茨基

天昏地暗，混合着各种水的名字。
低音边缘泛出短促的波光。
我的威尼斯，那是高贵的钢琴
在我的库奥卡拉向你敬献玫瑰。

钢琴皱眉，表示与此不相干。
我的后脑勺的知音性情执拗。
它的“别说谎！”，像傲慢的天使
立在我身后。我是混沌，它是调音师。

“别说谎！”运河风景难以安置
在窗口，昔日印象也无可追忆。
我窗下有片不起眼的水洼，聚起
不光彩的水汽。实话说那是沟渠。

身后是我真实的天使，水管渗漏
也一样——点滴的细流真切无疑。
我从钢琴翅膀上摘下玫瑰。钢琴，
你的翅膀与里亚托桥[1]是同一血缘。

不是吗？但玫瑰就摘自你的翅膀
（一只手羞怯地爱抚它的曲线）。
我的诗不说谎，可还是难以保证
它能准确地绕开圆滑的套路。

八点钟的尽头。窗户复活了。
窗外的昏暗——并非光的退化。
说不出也认不出什么颜色。只知道
是丁托列托[2]造就了我看到的色彩。

---

1 威尼斯最著名的一座古桥。
2 丁托列托（1518—1594），威尼斯画派著名画家。

我们活下来，钢琴，我们是共和国总督，
描绘我们宫殿的是那拒绝玫瑰的手。
圣马可和蓝天之下张开金口的狮子
与我们同在，我们都是未成年。

“别说谎！”但我又啃坏一本课本。
我熟知比升号和降号更黑的声音。
是因为我不说谎，还原号才被禁止，
吵个不停？我要在远离你的海边

寻求安慰。玫瑰的遗体躺在深水中，
我用尽所有知识和方法，呼唤它。
狮子耷拉脑袋沉睡。我消磨时日
在我的库奥卡拉，和我的威尼斯一起。

秋天笼罩旷野。十一月，雪来了
就不走了。瞳孔搜寻并找到月亮。
但我身后的善妒之人怎么了？
难道出门一个钟头也不许？

头脑在想什么？什么也不想。它空得像天空。
“别说谎！”——我确实说了谎，
还不算拙劣。钢琴，别信我会启程
去向你伟大的对手威尼斯致敬。

…………

此处为间歇。我已经去过意大利。
意大利明亮又美好。钢琴原谅了我。
但那盏灯——窗户和桌子的珍宝，
熄灭了。

1988年12月

“夜：水面上众多白色的圆柱”

夜：水面上众多白色的圆柱。
阒无一人，但空气和水的元音格外凝重，
仿佛有谁来过并说过：科宁[1]……
说的是谁？众多圆柱在茫茫天地间。

我记得那声音，与所有喉咙里的
赞美诗无关：孤单地陷入和声，
相比平坦的高地，它是峡谷，
多层的断面微露着绿茵。

我听到它，是在勃洛克的纪念会上。
（当时我年轻得多么鲁莽。）

---

1 即阿利萨·格奥尔基耶夫娜·科宁（1889—1974），俄罗斯戏剧演员，以悲剧角色的表演而著称。

青鸟羽毛的围巾，散发出往昔
岁月的光泽，蜷缩在陌生的日子里。

透过凄凉的嗓音，我无法理解
青鸟的羽毛和对勃洛克的纪念，
但围巾褪尽颜色，渺小的厄运
把翅膀交给我，已经过去多少年！

哦，多么自由！但是谁说过：科宁？
波浪和砾石向来具有绵长的重音。
啊—啊——看不见的钟楼如此应答。
那是——瓦拉姆[1]在不远处的回声。

1985年6月4—5日

1 俄罗斯拉多加湖西北部的一座岛屿，岛上坐落着瓦拉姆男修道院。

六月六日

像狮子保卫重要的门户，
防止窃贼和灵验的邪眼，
我守护着我的白夜的妩媚：
灯已是多余，仍未熄灭。

狮子还在警觉地观望，
天色没等变暗，就亮了。
忽然想起，是谁的日子在燃烧，[1]
我快乐得不知如何是好。

为更多的美，我搅动炉火，
把烟霭的幻想赠给黎明。
啊，红色宝库的滥用者发出
大笑、恫吓和孤独的沉吟。

---

1 1799 年 6 月 6 日，普希金诞生。

睡梦中，孩子静静翱翔。
周密的决定再度引燃激情：
他生在今天，还是个赤子，
这一切多新鲜，多完美。

别再充当铁狮子！难道不该畅饮，
用滚烫的咖啡克服睡意？
我有一座山，温暖的山口
有门廊，而我已经抵达。

哦，水波闪耀在典型的北方。
稠李获救，蚊虫灭亡。苔藓
拥有北方还不够——它在眺望
隐身的魅力偶像栖居之地。

我有一座花岗岩和苔藓的山，
布满古怪的地衣和野蛮的裂缝。
山的起点被一片黑暗笼罩，
鸟类的隐士在那里呻吟。

我沿着陡峻的山岩攀爬，
为自己天真的乐趣而羞愧：
可爱的记忆不断收入囊中——
一根羽毛，或一小块金色毛皮。

胜利的巨石横卧在山顶。
我迅速向上，又惶恐不安，
因为攀登的难度悬在心头，
回头望见：瓦拉姆白亮的修道院。

夜莺还在底下的幽暗处鸣唱。
火与冰交集在凸起的崖面。
是谁由此逃逸，只留下透明
空虚的身影和静止的曲线？

这空空的轮廓，是蛇的礼服，
“蛇的皮囊”。（哦，**他**是如何
向达里[1]请教这个词！）我攥满收获，
腿脚麻利，直接从山上下来。

1 即弗拉基米尔·伊万诺维奇·达里（1801—1872），俄罗斯作家、人类学家、词典学家，编纂有著名的四卷本《大俄罗斯语详解词典》（通称《达里词典》），收录了丰富的俄罗斯民间语汇。他精通医术，曾与普希金交往密切。前文的“他”即指普希金。达里的语言学发现令普希金深感兴趣。从达里那里，普希金听到了以前不知道的“**выползина**”一词（字面意思是“从里面爬出来”，词典释义为“昆虫或蛇脱下的皮，蜕皮”，在本诗中译为“蛇的皮囊”）。有一次，普希金穿着一件新外套来找达里，开玩笑说：“这是一副好皮囊吗？嗯，我不会很快爬出这皮囊。我会在里面写很多东西！”1837 年 1 月 27 日，普希金与丹特斯决斗时穿的正是这件外套。两天后，达里亲眼见证了普希金重伤致死，并写下尸检报告。

我觉得，赤裸的蛇仿佛笑着，
看着我将它蕾丝花边的旧装
据为己有。孩子已等我太久，
但蛇的礼物他一定会喜欢！

但下行却遇到障碍：在我的
绿色小屋上方的山崖——
晶莹的睫毛颤动，寒意袭人，
这是铃兰，是手和唇的历险。

接下来——打开书，给它一朵花，
在书和天空中重温一个故事，
叙说绯红的霞光遍布东方，
再仔细想想这神奇的消息。

1985年6月6—7日

白夜季的稠李

我呼吸着稠李的芬芳，
又饮下它灵魂的琼浆。
这份痴情令读者厌倦，
但这思绪并非滋生于荒原。

莫斯科郊外的五月播撒它的生命，
谢斯特罗列茨克的六月将它遗忘。
我像红腹灰雀，追逐北方，
为了与它的前夜不期而遇。

索尔塔瓦拉[1]采摘紫罗兰，
但是这位石头的女王

---

1 俄罗斯卡累利阿自治共和国境内城市，位于拉多加湖沿岸，曾为卡累利阿人（芬兰人的一支）世居之地。后来东卡累利阿并入俄罗斯。

还在隐瞒自己的意图，
我们对它还一无所知。

它是谁？它来自稠李家族，
不追血统，但也不避讳。
沿着威严的银黑色水域
它从寒冷中繁衍生长。

对它而言，我是陌生的南方人。
它不擅长表达缤纷的色彩：
压根儿不会讨人欢心，
更不会听凭他人的摆布。

它可怜衣衫不整的灌木，
它的气质与众不同。
它多么孤傲地散发幽香——
它可不屑于取悦嗅觉。

假如我的美人懂得这些音节
诗意的暗示——它会更加
倾心于纳博科夫。至于说
奴仆，它何必与之相处？

我该怎么办？崇拜者的关注
让稠李感到嫌恶和麻木。
它不会像愚顽的兑换商
将绝密换成琐碎的话语。

它是我疲惫双眼中的白翳，
是我窗口飘曳的轻纱：
在它的边界，在美人鱼的领地
耸起一座淡绿色的房子。

房子和植物似幽灵，拥抱
像它们一样淡绿色的山坡。
这里一切都是苍白的，绿色的，
但很快右侧就开始泛红。

夜晚的光线略微减弱。
在栈桥边缘的灯影下，
我以萨尔维尼[1]的口吻
伤心地说："它不爱我！"

独立的花序从枝头垂落，
但不失活力。它忠实于谁？
为什么不爱？用芬兰语如何
称呼它？明早我就查词典。

……阅览室没有合适的词典。
既然不甘心从视野中消失，
就让面具的名字保持秘密——
反正冒犯的不是勃洛克。

---

1 即托马索·萨尔维尼（1820—1915），意大利演员，其所扮演的最著名角色是奥赛罗。

索尔塔瓦拉给我发来便条。
是谁的善良可爱的手，
为一个异乡人的冥想
揭开了语言的乡愁？

柔情无限。植物难道不是
因此才弯下裸体，面对
粗野的目光？它毕竟是托米[1]。
一旦盛开，便是托米之花。

托米布[2]——稠李树。
事情并未因此变简单。
在虚空近旁，稠李答道：
“走开。我不爱你。”

---

1 芬兰语“稠李”的音译。
2 芬兰语“稠李树”的音译。

它依然新鲜，令人晕眩。
莫非等到九月，这脆弱
都会变成浆果（托米·玛丽娅[1]——
我兴奋地暗暗自语）？

又是夜晚。光明与黑暗
怎么会如此迅速地结合？
托米，是真的吗？我不相信。
再见，托米。我爱你。

1985年6月7—9日

---

1 芬兰语“稠李浆果”的音译。

“只有六月温暖着索尔塔瓦拉之水”

只有六月温暖着索尔塔瓦拉之水——
凋零的稠李家园耗尽光和热。
丁香在前方，对丁香的崇拜
比它的绽放来得更早，更狂热。

瓦拉姆教堂预定了花海的盛况。
僧侣的事业完好，这座非人工
殿堂的轮廓是由他勾勒和浇铸，
当初他是否忧伤，是否年轻？

或者是位老者，准备站在神面前，
浑身战栗，哪怕这片土地没有虫蛀？
阴郁的灌木丛，透露出激情，
见证着见习修士叛逆的行为。

这是六月之夜流传的异端邪说，

是瞳孔在拉多加湖上的梦游。
我看不见敬神的花园，有人给我
一枝丁香——仿佛它就在眼前。

在丁香拱门近旁，有一位
本堂教民，彻底放弃行走。
他落落寡合，呆坐着不动，
他的门廊——人迹罕至。

他在窗口预备了一座山崖。
魔法的小屋是他的居所。
他在那里守护山崖，那也是
我被夜晚的蛇眼迷住的地方。

他摘下丁香，将它带入黑暗
（抛出稠李的骨架和碎屑）。
光明的修士没有参与其中，
他曾以丁香的忍耐保卫岛屿。

劫掠和毁灭的浪潮汹涌而至。
丁香的生长越来越自由。
身穿紫袍的瓦拉姆站起身来，
植物凝视着渎神者的眼睛。

是的，他摘下丁香并带走它，
他崇拜丁香，悲切地渴望丁香。
在他施展巫术的隐秘暗室，
他的胡须显得更老，也更蓝。

沼泽之火上，迷魂的汤药
开始沸腾。蝙蝠飞来飞去。
窗户蒙上水汽，山崖模糊不清：
思想的毒液冒着烟气。

一名青年自然学家，或年轻的
侦查员，奉命调查山下的小屋。

时间尚早。他连茶都没喝完，
未及向家人道别，就出发了。

过了许久他才回来，眼神躲闪，
不愿说话，举止冷漠又严肃。
“那里情况复杂，丁香神秘。”
他冒出一句，就再也不吭声。

给这位隐士拿来了新杂志
和各种报纸。他没有认出
任何人，也没有什么需求，
只等着尴尬的来客赶紧离去。

等到只剩他一个，他才飞身
潜入心爱的偶像藏身的秘境。
他如此欢欣！他折磨着灵魂，
因为无法承诺，只能诱惑！

难道会有人闯进来，发出恫吓，
将他无人羡慕的命运剥夺？
他热爱命运的成败与得失
在森林、野兽和蛇的山崖下。

导游本想对偏好这种地方的
游客念叨：那座屋子就在
山脚……可是他自己也累了，
大家也觉得这个故事乏味。

它卑微的主人公被宽恕和遗忘：
岛屿的倒影使人心怀谦卑。
在山的护佑下，他远离尘嚣，
愿他与自己的寺院的丁香同在。

1985年6月22—23日

“再见了，我的山崖”

再见了，我的山崖，
可爱的屋子和它的密室，
我的丁香就睡在里面，
那里多虚幻，多潮湿！

在神明的寝宫，
为颜色的密谋和诡计，
活泼的紫色植物
频频晃动着身体。

转瞬间，就会传来
宛转悠扬的音调：
时而雏菊低语，
时而兰花吟咏。

紫罗兰、耧斗菜、羽扇豆，
摇曳的羽毛、丝绒的袍服。
但只有鸢尾花最受拥戴：
它是黑暗魔法的化身。

没有谁能与它匹敌，
它的面容痛苦又脆弱，
仿佛古老透明的烧瓶里
隐秘的核心向外翻卷。

山脚下和地下室——
犹如病态头脑的深渊。
可怜的弗鲁别利[1]多么忧郁！
到处是绝望的紫色！

1 即米哈伊尔·亚历山德罗维奇·弗鲁别利（1856—1910），俄罗斯现代派画家、雕塑家。

但我的蜗居中了魔法。
心灵逃避外在的一切，
当园丁创造花园，
将月光的奇迹贮存。

关键是山崖的到访，
透过墙壁和幽寂的窗，
进来之后，重重地悬挂，
似苔藓和针叶的壁毯。

桌子统治下的房间
设有火炉——银白的母狮。
夜莺任性的鸣唱
在白夜周围回荡。

夜间祈祷的嘴唇
为何叹息和烦恼？
起初，主题的搏动
好像就在艺术的心房。

神圣动脉的间歇
越来越紧张。
但翻译徒劳无益，
注解也很空洞。

被迫离别的前夕，
浪花拥抱礁石，
白夜和一部分月亮
俯瞰冷冽的拉多加湖水。

夜晚、夜莺、月亮、花儿——
旧希望的循环。
新事物的成就
不需要我颂赞。

它不可能触动我！
我也不可能伤害它

在夜的辰光深处，
在墨水瓶的孤舟里。

不必表白，夜莺，
无须解释，我的远亲，
你痛彻忏悔的胡话
哪有什么意义。

愿每个人都能理解
音节和停顿合而为一，
若隐若现的琐事——
才是不为人知的珍藏。

1985年6月28日

“丁香，丁香，可别憔悴地凋落”

丁香，丁香，可别憔悴地凋落，
我的丁香。我在森林发现一座
荒废的村庄，恐怕这并非吉兆，
于是我打算带走剩下的一切。

精明的芬兰人为房子选了
一块多好的地方！湖面泛动
粼粼波光，美人下到岸旁
打水，他目送着她的背影。

他多么爱他金发妻子
那柔软丰腴的腰身！
刚出嫁时，她就熬煮了
迷魂的草药，可他并不知情。

儿子已玩起樵夫或木匠的
游戏，蓝眼睛熠熠闪烁。
母亲和父亲低语到黎明，
丁香的花朵开了又落下。

她拿五片花瓣为他们施法，
祈愿平平安安，生活美满。
在明亮户外针叶林的幽暗中
自然而然形成了卡莱瓦拉[1]。

英勇的卡莱瓦[2]未能挽救
生动美好的纯真世界。
万物沉入喷火的深渊。
半个世纪逝去。花儿活下来。

---

1 即史诗《卡莱瓦拉》。

2 芬兰民间神话里诸多勇士的祖先。

由于原先的来客行为失当，
丁香悲哀的灵魂四处游荡。
谁更偏爱地基而非建筑物，
偏爱骨头脆响而非红润的肌肤？

我找到一块木板，主妇用它
切割食物，晚餐时迎来黄昏——
落日辉映下，灰暗的轧轧声
在呼吸的肋骨间隐隐作痛。

我怎么会闯入别人的园圃？
难道是为了在墓地上欢宴，
然后以自己钟爱的言语
压倒别人口中的情理？

不，我采摘丁香不是因为
神魂颠倒地爱着丁香，
爱它的晚会宾客云集
在北方的角落、潮湿的厢房。

我怔怔地望着丁香的眼睛，
望着阒寂的银白色水面。
是谁以为，白夜大概已经
足够，所以只给了半个月亮？

北方以北，纵直，略带潮气。
峡湾像陡立的白银。下着雨，
只要一声呼唤：谢尔多波里[1]，
索尔塔瓦拉就会发出回应。

我有一只闹钟被授予全权，
其使命不在于守夜或催眠。
等到铃声响起，我就出门
等候白夜十二点的客车。

1 1721 年至 1918 年间，索尔塔瓦拉改称“谢尔多波里”。

它开始出现在丁香的前夜。
它开始向大洪水，向战争
飞奔。它的翅膀早已用得
破旧，面色也十分苍白。

当闹钟的钟点仅仅根据
自己的推断，抵达午夜，
白夜的客车也将疾速逆行，
越过大洪水，越过战争。

与白昼相反，时间和意义倒转，
粗帆布的车棚轰然喧响。
司机担心遭到追踪或搜查，
慌里慌张地左看右看。

沿着峭壁和森林的湖岸
客车飞驰，形象模糊又空洞。
只有我听到喇叭诡异的笑声，
我想看清乘客们的脸。

但我只是隐约看见惨淡
凶险的轮廓，看不见人脸。
所有这些似乎都与盛开在
祖宅周围的丁香有关。

莫非这是要赶往父辈的领地，
来到娇妻、爱子的身旁。
六月末：干草棚张开敏锐的
嗅觉，盼望割草的季节。

那里木屋饱含松脂，屋瓦美观。
美人提着水桶——就这样
把水提来吗？客车本来
会撞上山崖，但是它不能。

是否要等他们回来，在通往
皮特基亚兰塔的路上？（可爱的小城，
可我感到忧伤，腿脚冰凉，

我是奇怪又糟糕的步行者。）

是否还能把我珍爱的花束
递给他们，大声说：“拿着吧，
不幸的朋友！”以换取轻柔的
触碰，从他们虚幻和感激的手上？

是否轻松地度过一夜，等到
当晚就提前亮起来的清晨，
又可以漫步在孤独的村庄，
带走丁香的枝叶和音讯。

我与这狂野机械的交锋
会持续多久？我想要笔和墨水
或睡一觉。但闹钟又在吵闹。
我摘下丁香。虽然可怕，但时候到了。

1985年6月28—29日

“盛大的春日，我漫步在郊外”

盛大的春日，我漫步在郊外，
虚空的水面周围，有个声音
伴随我：“你欠我主人多少？”[1]
尽你所能数数吧，我数不清了。

我希望拥有大海、巴统、雨，
咖啡馆、邻居奥马尔的菲斯帽。
耳畔咕哝着：“你欠了债，欠了债！”
于是我走向这边，而不是那边。

毕竟我能想象到背后的波浪，
想象东方的烈焰灼烧群峰。
全能的铜管乐器摇晃尾巴，

1 参见《圣经·新约·路加福音》第16章第1—13节“不义的管家”的比喻。

荒僻的城郊也在倾力相助。

夕阳下，心灵哀伤，战战兢兢
面对绝美而又凶险的紫红色。
大地尽头："你欠了债，欠了债！"
金丝银线的矮人在黄金的穹顶。

火山的血盆大口将他吞没，
峡谷沉默，无法将他拯救，
他顺着火焰，进入食人族
张开的颌骨（喊他回来为时已晚）。

猩红和绛紫交融。像草叶
夹在突然合起的书页中，
二者之间是他被压扁的人形，
冷却的光影里只剩下凹痕。

厮杀过后，瓜分战利品——
斑驳的血迹和意念。枯燥的

絮语："你欠了债，欠了债！"
欠那香客吗？可他已不在这里。

起初，我从本地月色中没认出
自己的月亮，惹人怜爱的月光
自作主张，悬在黑色的枝头——
它喜欢这种鲁莽的行为。

而我也像它一样形单影只：
只有乞食的兽类才呼朋引伴，
又是煎熬之声："你欠了债，欠了债！"
莫非欠的是两手并用的窃贼？

月光下的寄居者忘记了曲调，
母语距离他们比拉丁语更远，
人来人往，心怀贪婪的梦想，
有人寻觅酒池，有人想要金山。

不是爱抚和关怀，是喧哗和扰攘。

我为奉献而来，却被泪水裹挟。
鄙吝的隐身怪[1]要将他们和我掳掠。
陌生人说："尤其，尤其是你。"

世袭领地的勇士们退向后方。
贫民区瓦解，村子空荡荡。
为什么不早点给他们牛仔裤？
为这种商品，人人触犯法律。

童年的成长来得又快又猛：
作业本加捉迷藏，更多是弹弓。
从杀害野兽到兽性的残杀
少男少女在直路上前行。

为谋取横财，不惜拔刀相向：
兄弟失去兄弟，是否感到空虚？

---

1 隐身怪（скрытень, 英文为 hidebehind）的传说起源于旧大陆，后流传至北美地区，是居住于森林中的夜行幽灵，以捕食人类与类人生物为生。

如果他们死去，我不会惋惜。
申诉人笑了：“这不真实，不真实。”

你还没见过他们！你就是你，
你的高度他们也从未瞧过一眼。
为孩子们洗礼，相信十字架
即是领悟的条件和辟邪的工具。

我抵达火车站，又去了墓地，
烟炱造就坟墓的形象和名字。
再次传来：“你欠了债，欠了债！”
我还以为会说些新的东西。

墓碑上的遗忘温柔又持久。
哦，一步登天的美食家！
我读到，“我蘸了一点蜜尝了一尝，”
再也读不下去，“这样我就死吗？”[1]

---

1 引自《圣经·旧约·撒母耳记上》第14章第43节。

显在的天使，世外的居民，
像常人一样，身上也有骨架。
“夜班改早班，第六道改第七道！”
车站广播忽然在身旁嘶吼。

我爱上这些无来由的吵嚷，
许多小事件的预言和谩骂。
我为它们参与这夜晚而欣慰，
它们拣选同类或只是恶作剧。

黑暗中巨人自鸣钟敲响钟点，
铁块撞击铁块：“巴什马克”[1]
阻止编列的车厢行进，
雪从受到震动的树上落下。

愁闷的诉说：“你欠了债，欠了债！”

---

1 火车轨道上设置的刹车片，发挥制动作用。

要善于引导，让轰响和颤抖的
夜行列车也能听明白，让它
想起自己的职责，执行命令。

理智盲目的探索已偏离目标：
守护在走廊似的幽深峡谷，
拍哄孩子，用皮念珠教诲，
却未曾给他指派教堂执事。

请开门：你是谁？像阴郁的黑人，
村镇未经洗濯，疲惫地入睡。
提台词者藏身天外，悄声说：
“你知道他，此乃不义的管家。

他将债户一个个都召来，
索取甚少，反而被神夸奖。”[1]

---

1 参见《圣经·新约·路加福音》第16章第1—13节“不义的管家”的比喻。

但你若是那个，为何不像他，
为何不放弃报酬和勒索？

这片郊区令人作呕和窒息！
编组站的大喇叭厉声宣告：
“邪恶之境任你出入，你不欠
我们，也不欠这卑污的地方。

你就属这一类。”而压抑的
啜泣盖过线路和车次的播报。
后来我才得知：连接员死了。
他自己把脑袋搁在铁轨上。

昨天不就是他，咽下最后一口气，
沿着天上的火光冲进火海？
微弱的虚线——“你欠了债，欠了债”
从我们两个中间一掠而过。

我来到塔萨大妈家，坐下
观赏绿色花盆里的纸玫瑰。
整整一夜，我仰望天花板，
什么都不理解，只能认罪。

我要穿越坚冰去阿法纳索沃，
再经由解冻的雪地原路返回。
半路上，我偷偷地笑起来，
我要买巴统出产的橘子酱。

离去的人又回来：“你应当
去睡觉，会有别人替你幻想。”
下雪了，万籁俱寂，我在梦中说：
如今可以照你的话……[1]

1985年3月，伊万诺沃

1 引自《圣经·新约·路加福音》第2章第29节。

匣子和钥匙

献给奥西普·曼德尔施塔姆

假如今天属于我在阅读的人物：
据说他留下一把钥匙……用来
打开一只匣子。他保守这秘密，
俨然是他在追捕和召唤猎手。

我无意诉说秘密的秘密，它没有
如此显眼的居所。秘密在他身上，
透明地锁闭，像蜂巢结构的本质。
“你说多了吧？”我的阅读提醒道。

但我原本沉默，嘴唇只为饮酒，
而伊梅列季[1]的藤蔓之吻酸涩。

1 格鲁吉亚西部大区，区行政中心为历史文化名城库塔伊西（帝俄时期称库塔伊斯）。

纠正了库塔伊斯，沃罗涅日进入诗行——
思想炼狱的名字，不可能隐瞒。

或者说，是探险家迈进交往之门。
他被忧郁刺痛，被梦想诱惑，
他只是以居民和作家的身份
生活在州中心，而非任何炼狱。

我怀着双重困惑与他交流：
究竟是他本人幽暗的使者
还是厄运的信使，前来证实
彼得用铁手握住自己的铁锚？[1]

“与锚同在！”屡遭冷遇之人
调侃道。切勿冒犯铸铁和钢铁。

1 沃罗涅日有一座彼得一世纪念像，一只手向前伸，另一只手握着铁锚。雕像基座旁还有一只铁锚。奥·曼称这座纪念像为“铁锚人彼得”。——作者注

性情急躁的弃儿是多余的谜，
主宰者含笑，注意到这一点。

喉咙敞露结构，高亢的歌声
将它出卖。更高处是天才的额头。
如何获得紧握和咬合的技艺，
以免用手抓取，嘴巴大张？

皮靴始终与圣器相邻，雏鸟
看在眼里，这三者难以共存。
客人说：一个出色的年轻人
如今成为当地的作协书记。

但为时已晚。我们永别了。
他不必知道与谁的影子为伴。
说真的，我并非为宴饮或对话
收集这些凄凉阴暗的背影。

假如今天属于他——为他难过
已是日常生活的习惯和内容，
那么利爪的猎手与长长睫毛
之间的猎物就会不断相遇。

手掌会摆弄起黄金的物件
（小孩子才有同样狡黠的眼神），
我们会把钥匙亲手送交水底，
神秘的掌纹令手相师退却。

我称为匣子的东西（注定失窃），
也可像蜂巢，聚集不成对的
翅膀：飞机滑翔，羽饰登场，
意大利向贫瘠的克里米亚航行。

接着……但不是！若“假如”成真，
我该如何表达双倍的应许？
睡莲、沟渠、斜柳与池水中的
倒影堆叠，岂不是更好？

而这些都与我最后的丁香同在，
与本该属于他的黄蜂，与夜莺的
小径——穿越峡谷去往村庄，
与行路人（我在行走）同在，

需要与风景融合的生动线条，
以便舍弃它，将它留在时间之外。
但我们的收获放在哪儿？就在：
匣子里。钥匙呢？沉在水底。

1988年6月

宫殿

我被赐予一座雪花石膏的宫殿
（如果为整体的平衡，在心中
竖起海和陆地之上柱廊的幻象，
粗壮的立柱会呈现完整的阵容）。

我迈入正门，两种奇迹的呓语
相互交缠，显得坚固而又温馨。
峡谷勇敢的暗影伏在窗台上。
底下的时钟即将敲响十二点。

我是夜的领主，白天是异乡人，
我沉默，眼里却藏不住泪水。
为浮华的宴席，市侩成群结队，
巴丘什科夫[1]该如何忍受？

---

1 即康斯坦丁·尼古拉耶维奇·巴丘什科夫（1787—1855），俄罗斯诗人、讽刺作家，对普希金的文学创作具有重要影响。

我从走廊悄悄靠近心爱的钟表。
它沉寂的密钥，从谁手上失落？
骑士团长[1]的步调与钟声一致，
但后宫的罪孽令他感到乏味。

时钟联系着楼上高贵的器物：
三把圈椅、桌子、沙发。它们
往昔的岁月里，哪位忧郁高傲的
绅士行过屈膝礼，又抬起手臂？

脚步声沉重，目光诧异——但见
脆弱的地板精心打上油蜡。
您比您的衣裙更白，安娜夫人。
只有巴丘什科夫不知来者何人。

---

1 骑士团长（以石像的形象出场）和下文的安娜夫人均为普希金悲剧作品《石客》里的人物。

旧客厅里是簇新的彩色玻璃。
我和晚霞进行着一场游戏：
当玻璃烘烤出璀璨的红宝石，
我便向猩红的地毯窃取。

拿起来就飞跑。虚弱的月亮升起。
地毯上是被践踏的祖母绿。
但它在我房间不会被发现：
房间里私藏了峡谷和池塘。

我有可玩的游戏。为何不离去？
我在圆柱之间的峡谷中停留。
我深知愁伤。但如何称呼这种？
就叫巴丘什科夫（极度）的伤感？

我想起他当初喜欢过的诗。
鲁斯兰和柳德米拉的幸福歌者
在他面前多么温顺地垂下头，
但他脸色阴沉，没认出是谁。

怎么回事？我的心灵发蒙又发热，
原本还算正常，风趣且和善。
它在柱廊和拱门之间徘徊，
难道爱上了折中主义的病态？

泥筑的高台，令人头晕目眩。
护栏结实，我倒也无心逃脱。
友人的善变、背叛和诡诈……
其余都是关于普希金的逸闻。

庸俗皆如此，“不妨摸摸额头”，
对它的鄙薄，令我处变不惊。
“你只是病了。”“不比佩特罗尼乌斯[1]
严重。他也曾恭敬地出入宫廷。”

---

1 佩特罗尼乌斯（？—66），罗马帝国朝臣、作家，生活在罗马帝国皇帝尼禄统治时期，塔西佗、普鲁塔克和老普林尼将其描述为尼禄宫廷中的“风雅仲裁者”。

宫廷也奖赏他。“已为你备好卧榻。”
也许要活两次，才能说一次：
我觉得毒药、奴隶和主人都甜美。
我会面带微笑，离开你们。

我的峡谷和池塘值得肯定：
凭借宏大变迁和陡然逆转，
额头会消除阿司匹林的困倦，
沉淀物权当留念的思绪。

夕阳下，该夺取火的猎物了。
让我们深入悲剧，开心地玩闹：
来点虚构，试着检验形象的
真实性——手掌好像被灼伤！

圈椅、桌子、沙发，同情地
望着红宝石的逃亡。昏暗中
有个声音：万一你只凭臆想被爱？
受够了吗？不觉得可怕吗？

这正是宫廷侍卫恣意妄为的原因，
奴仆也不掩饰冷笑。我坐上
租来的马车，参加别人的
爱情舞会，像驼背和呆愣的盲人。

还像个傻瓜，荒废白天的时光。
夜的隐士活在我的桌子上。
还能奢望什么？它深爱那警觉的
侧影：太阳穴、瞳孔、背脊。

从我阴暗的陋室听不到时钟
为白昼哀鸣。朋友，就这些吗？
但残缺的圆已闭合：灯光、池塘
峡谷。和巴丘什科夫的影子。

1988年6—7月

肖像、风景和装饰

如何塑造你的肖像，雄伟的宫殿？
客人科林斯闯入多立克的正门。
圆柱的群落，收紧雕塑的饰带。
建筑师胸怀宽广，石工信口开河。

我们彼此相像，融合不同的风情，
无需天才的额头，只要愿意猜想，
谁都能认出，我们多元化的柱式
究竟产生于其中的哪一种。

我与你的梦呓为伴，却以更深的
柔情观望、触摸和称呼：我秘密的
我可爱的、别名“我的米兰的”
天竺葵的阳台——面向池水和霞光。

窗前是檐口、楣饰和女士打结的
花鬘。鼓眼睛的石膏瞪着观众。
探访天竺葵的时候到了。也许只有
蜂房出口的喧响，才如此热闹。

锈和金的混合物在云杉背后沉淀。
橙黄的？火红的？没有一位染匠
更新染料，而我也能平静地接受：
苯胺的涂饰具有黏性，容易褪色。

但有一支笔，描绘出浑然天成的
生命的瞬间。我要让霞光和池水
同苏醒的诗行相连，我有理由
把我的阳台称作“我的布宁[1]的阳台”。

---

1 即伊万·布宁（1870—1953），又译作伊万·蒲宁，俄罗斯作家、诗人、1933年诺贝尔文学奖得主。

我去查看了格鲁霍沃村外的雾。
雾气缭绕。尖顶的树林冻僵了。
全都是我的领地。可亲的整体：
我去过塔曼[1]，也到过叶列茨[2]。

放荡的秘境，求你不要驱逐我。
九月在成长，时而撒娇，时而缠绵，
可怜我浪迹荒野，又急欲藏身在
浓密的丝绒和疏松的雪花石膏中。

我爱那彩色玻璃，它的宝石多快乐，
像红玉和青玉，像厚重的浅浮雕。
到处都骄傲地嵌入和凸起你狮子般
高贵的花体字："艾利、艾弗[3]"。

---

1 俄罗斯地名，通常指塔曼半岛，位于高加索山脉西端、亚速海和黑海之间。
2 俄罗斯城市，位于利佩茨克州。
3 俄语字母 л 和 ф 的名称音。

是的，还有黄色。但只有古板的
书生才提起先辈，道出这个名字。
在地心和词典深处得以保全的不是
花的同类，是颜色的亲族：风信子。

这是玻璃同夕阳的交战和结盟，
它们烘烤的面食饱满而瓷实。
手掌在捕捉蓝色，追逐鲜红，
目光似贪婪的蜜蜂，被金黄粘住。

珠宝盒将祖母绿的池水珍藏。
自由的公园是最甜美的猎物，
世纪小姐在那儿阅读卡图卢斯[1]的诗，
像世纪的蝴蝶，陷入我的氯仿。

1 即盖乌斯·瓦列利乌斯·卡图卢斯（约前84—约前54），古罗马诗人，继承了萨福的抒情诗传统，对后世产生了深远影响。

地毯在透明长廊里流动，胸像
忘记了，它是为何和为谁而竖立。
古老的钟表向我传送哭声和絮语，
当它发觉脚步踏上安静的地毯。

宫殿入口前——思想者的竞技场。
那里早晨的寒气摧毁了不肯迁就
安德烈亚·帕拉迪奥[1]的青春花坛，
亲俄分子隐蔽在异己的魔力之下。

暮色越深，那个意大利人就越近，
公元一五〇八年，他诞生在
迪·皮耶罗家族。啊，柱廊式大殿
和圆厅的华美，过早隐匿了踪迹。

---

1 安德烈亚·帕拉迪奥（1508—1580），文艺复兴时期意大利建筑大师。

你这殿堂，也不失为帕拉迪奥的
居所。在若明若暗的脆弱时刻，
维琴察[1]——习惯于边缘的道路——
像个乡下人，适应了荒僻的村落。

我也去维琴察，但不急于抵达。
我钟爱的事物越远，就越强大。
步履像摇晃的马车，令人昏沉，
我赞美马车夫和马的沉思。

刚过十点——欢悦没有征兆。
林荫路尽头，弥漫着光和热。
庄园被自己的灯火彻底照亮，
那是一百年前，而我还活着。

---

1 意大利东北部城市，帕拉迪奥运用古典建筑原理，为维琴察贵族设计建造了一系列乡间别墅和城市宫殿，其中最著名的是带有古典柱廊的圆厅别墅。

楣饰殷勤备至。圆柱气派非凡。
我从附近的幽暗望着阴影聚集。
建筑的特征合理，保养也精细。
当然并不完整，可我们就要回家。

谁抢走红宝石，谁就用它偷换
时间，拖进自己透风的储藏室。
我了解未来，故而稍事停留，
直到后代和邻人的世纪发出回响。

我如此孤单，置身于凌乱的家，
任由天性漫步，而无所顾忌。
雕像的教条每到夜晚就扮鬼脸。
折中主义诱惑人。无非就这些。

1991年秋和1992年

一九九六年十月十九日

秋天的日子，特别的日子[1]——
往昔岁月失真的复制品。
树的败坏、人的败坏
多么刺眼，仿佛最后一次。

林荫路失宠的继子
流落到受难广场[2]——
神情严肃。年轻运动员
在附近品尝可口的招牌。

---

1 指沙俄皇村学校成立的纪念日，即每年的10月19日。

2 1880年，在莫斯科市中心特维尔街的起点与受难广场（1931年起称普希金广场）相接处，建立了普希金的青铜塑像，1950年，塑像迁移到与原址正对的广场西南部。

现实的饥渴合乎正义。
文士饱受忧郁的折磨。
听从特维尔街的安排，
我茫然若失，独自徘徊。

像烘焙的甜点，枫叶
从炽热的枫树上飘落。
难道不该赞美我的学校？[1]
它里面有过多少青春！

科学的殿堂保留至今，
最后一群跻身其中的人
摆脱了赫尔岑的苦痛，
充满激情，又荒唐可笑。

---

1 1955 年至 1960 年间，阿赫玛杜琳娜就读于特维尔街上的高尔基文学院。

库尼岑[1]这样的人物
在此培育未成熟的心灵，
使少年的脸像染上天花，
泛起黯淡的红晕。

濒死的灯火照亮窗口，
佩列捷尔金诺的流放犯[2]
原谅了弟子致命的背叛，
他们未能经受住考验。

那任由成功与溃败
化为乌有的男孩在哪里？
他犯下这样的恶行，
却不承担任何罪责。

---

1 即亚历山大·彼得罗维奇·库尼岑（1783—1840），沙俄法学家、皇村学校道德与政治课教师，对少年普希金影响深远。

2 指帕斯捷尔纳克。

我们相逢于茫茫尘世，
被同样的粥喂养，
被同样的恶喂养，
这滋味并非人人能忍受。

西伯利亚新生的子民
在遗忘的尘烟中沉沦，
根据他人的决定和命令
你沦为无辜的牺牲品。

对不起，请原谅我
无意中幸存下来，
我活得还好，或者说
勉强活着，我有愧于你。

闲谈和娱乐的导师——
不健康的嘴脸露出痴笑，
铁硬的牙齿，咬得动
你的不坚硬的松子。

监督和审查呵护我们，
而我有理由羞愧，
因为我接受训导的意义，
逃离了我的教师。

我这迷途的辍学生，
任性而又盲目地
盼望额头里能产生
自行思考的智慧。

为此，夜深人静时
我的笔会告诉稿纸，
我曾经凭吊的受难者[1]
就埋葬在尼斯。

1996年10月19日

---

1 指作家亚历山大·赫尔岑（1812—1870）。1870年1月9日，赫尔岑因肺炎在巴黎病逝，先是葬在拉雪兹神父公墓，随后他的骨灰被移葬到法国东南部的城市尼斯。

书上的题词：十月十九日

给法兹尔·伊斯坎德尔[1]

各不相同的寂寞
共同构成友情的特征。
多么美好，不需要
比花园和落叶更新的创新。

枯木开花，经受寒冷。
树的损失与日俱增。
我与某人暗中相约，
再次付出整个十月。

它存在于自然界，
比意义和征兆更清晰。

---

1 法兹尔·阿布都洛维奇·伊斯坎德尔（1929—2016），俄罗斯作家，以幽默和反讽见长，代表作是1989年首次结集出版的长篇小说《切盖姆的桑德罗》。

我在阳台——在站台上
告别**白昼**：它启程，渐渐黯淡。

十月的第十九天——
慷慨而忧郁的慈善家，
以力量和色彩
超越其他任何日子。

阳光暖热玫瑰凋谢之地。
阳台的码头结满冰霜。
别了，普欣、屈谢尔贝克，
别了，了不起的德尔维格。[1]

还有**你**……但我们不会分离，
你从未离我如此之近。

---

1 普欣、屈谢尔贝克、德尔维格均为普希金在皇村学校的同窗好友。

有个幽灵冲着我笑：
是蹑手蹑脚的特维尔街。

那里，第二十五号[1]路牌
用愁闷扰乱我的心绪：
它面色惨白，百无聊赖，
双重品格粗暴，似唯物史观。

我的学校对我的嘲弄
不无裨益——这不是问题，
只要丽泽塔[2]这姑娘
跟我不那么相像。

我，从远眺的阳台
从令人疲倦的高度，

---

1 即高尔基文学院所在地，特维尔街 25 号。
2 即阿赫玛杜琳娜的女儿伊丽莎白，也曾就读于高尔基文学院。

审视过往的教训，
时光漫长——比**你**更老。

依然是挺拔的身姿：
许多世代落在肩上。
我始终与你同龄，
我该为了什么倾尽一生？

为掌声四起，舞台闪耀，
为扑面的光芒和欢呼，
为不可抗拒的荒唐规矩……
这若是一切，一切与我何干？

但也有过：风暴卷集阴霾，
东方浮现绯红的云霞，
我给《花儿》这首诗
献上一朵小花，

和易受风寒的山脊，
当透明的垂线
在另一些世界的
峰顶和星辰之间摆动。

那是——被寻觅的声音，
好似流浪歌手拯救的对象，
从两个移动的半球
炽热的火盆中喷涌而出。

或凭借建筑师精准的
设计，对抗风和微风，
而行为的脊柱
有责任保持挺直。

但比萨塔也值得尊敬，
人类苦于它的倾斜，
选择五音步的狂想，
日日夜夜，乐此不疲。

夜晚驯服短暂的一天。
万一胡格诺派降下怒火
和压迫，用十字架标出
天主徒藏身的暗处怎么办？[1]

霎时间，修道院青幽的
暮色，染遍我们的院落。
思念之情热烈相拥，
在我的朋友们身旁。

1 意指“圣巴托罗缪之夜”，此处是作者的假想，与史实正相反。

为这个完美的日子，
光亮暂时尚未减弱。
比我的阳台离地更高，
伊斯坎德尔从下面经过。

但愿来得及赞美法兹尔
孩子般的笑。白昼，请稍等。
而这句也不必再做补充：
“朋友，愿上帝保佑你们！”[1]

我的整个十月即将耗尽，
我们与时钟的理智争论，
把钟点调回一个小时。
你，以特维尔为首的大道

1 普希金抒情诗《一八二七年十月十九日》开篇第一句。

公园及自由的孤独首领，
请原谅词语的疾流
连同帕尔尼[1]的作品，
请打断即兴诗的迟缓，
请仁慈地让我们入眠……

1996年10月19日和27日夜晚

1 即埃瓦利斯特·帕尔尼（1753—1814），法国诗人，主要抒情诗体裁为挽歌，影响了一大批俄罗斯作家。从皇村学校时期直至 1824 年，普希金对其有过大量模仿和翻译。

被驱逐的圣诞树

给鲍里斯·梅塞勒

我向可怜的圣诞树道别：
你已枯萎，你度过节日。
剩下是蜜糖饼干和巧克力
留在孩子们脸上的粉刺。
酒借助午夜的损失
习惯性地欺骗预感。
一弯细长的新月
呆望着床前的灯。
我并不羞于吐露心迹：
笔墨自在，单纯质朴。
万物可悲，无论多精妙，
也很无聊，纵然不失机巧。
就让正字法的殉道者
略显愚钝的学问家
在街头叹息——无谓地

纪念别人认养的“真理”。
新年的余屑安静平和。
宴席张开凶猛的大嘴。
小块巧克力的圣诞老人
在里面温顺地死去。

隔壁工厂（名为“多数派”）的
糖果商，生养了必死的
肉身，此人事业有成：
他的劳动果实被吞食。
尽管这是可食用的玩具，
但还是需要不小的勇气，
才能从内心深处发现
与食人族相似的悔意。
我以言说减缓暴行，
忏悔其他方面的过失，
但每个老人及圣克劳斯[1]

---

1 即圣诞老人。

都小心地盯着我看。
我也在提防巧克力染红的
嘴唇，其职责就在于
赞颂世人珍藏的宝物，
孩子则是他们的君王。
我会把嘴的无限幽暗
交给哪怕转瞬即逝的荣耀。
而又瘦又穷的圣诞树
正遭受驱逐，流落垃圾场。
是否早就给轻信的树
献上了项链，却未曾
提醒这位森林少女，
这是让它暂时戴一戴。

一只空盒子收走了
它身上佩戴的小物件。
但短暂的一年能不能
幸存到下一场欢宴？
残骸的搬运像悲剧，

将看客聚拢成一团。
犯下如此可悲的罪过，
该如何面对孩子和狗？
他们围绕恶行跳舞，
使天真明亮的目光变老。
我只能垂下眼帘，
把帽子压低到眉头。
为垃圾和贡品的征敛
填饱丧葬的匣子，
闪耀的星辰殒灭，
化为灰烬，形同废料。
我们永别了。时候到了。
笤帚扫去细小的针。
牺牲者之父——故土的云杉
若有所思，或已宽恕。
为清除包装纸和烟蒂，
为避免脚步踏入这节日——
彩色锡箔盛装的
瘦小躯体被葬送。

贪吃的人错了，企图
忘记过去和未来。

移情别恋的朋友会梦见
圣诞树虚幻生动的影子。
沉睡的人自己在梦境中
变成惨遭驱逐的圣诞树。
拜托，常绿的流浪者，
请阻止火眼睛的梦想。
惩戒之梦——合情合理。
难道我的嗓音要尝试
合唱的哀号：他不再爱我。
不，过去和现在他都爱我。
圣诞的云杉不理解复仇的
愤怒，这与信仰不相容。
我会等来吗？复活节前的周日
我向柳树旁的云杉致敬。
松果的开端令人欣喜：
新生的绿色幼芽。

灌木丛自己会搜寻我，
会张开怀抱拯救它。
要以更简短的方式等来
有理由称为“致歉”的日子[1]。
客人—针叶亲自估测，
知道从何处进入树林。
我寄望于云杉的慈悲
以及护林员的谨慎。
随后便是净身周一[2]，
义人的斋戒，乞丐的收获。
随后从更高处——传来
喜讯：基督复活了！
梦中的你，我会等来吗？等吧
等到永远，要站稳，既然……
我不说是什么。我暗笑——
有人已说过：不是我，是另一个。

---

1 东正教节日，四旬斋前最后一个星期日，又译作致歉礼拜天。
2 东正教大斋的第一个星期一。

又一次，街道的不真实
嗡嗡作响，车轮抵触爬行……
这些诗只有一名读者：
作者本人，其暗示晦涩难懂。
喂，落草为寇的鞑靼人，
醒醒吧祈祷吧，忘掉圣诞树。
汽车呻吟着的梦呓……
圣诞树不需要多余的话——
因为我不去祷告，
因为异教徒信奉巧克力的奇迹。

1997年2—3月

玫瑰的幻影

献给瓦茨拉夫·尼任斯基[1]

大雾弥漫，手杖失明，
歹徒的钝刀难以出鞘。
升起的平面触感坚实，
藏而不露：分不清昼与夜。

就这样：眼前空无一物，
或者说，凭空而来的是虚空。
呆笨的木匠忘记用梁木
支起坠落海湾的天空。

昨天是星期二，人们说。
如何辨识不见天日的当下？

1 瓦茨拉夫·福米奇·尼任斯基（1890—1950），波兰裔俄罗斯舞蹈家和芭蕾舞剧编导，以非凡的舞蹈技巧和艺术深度而闻名。

也许能把星期二的废墟
拿来，称之为星期三。

我们不露痕迹，巧妙地
潜入明天，唤醒早晨。
幽暗拒绝回应“星期三”：
匿名者不在计划之列。

我的小屋受困于无形。
假想的城堡里熄灭了灯火。
只有伶俐的猫打着瞌睡，
精明地消耗着磷的储备。

我知道电力是何等任性，
甚至连修理工也嫌弃它。
“现在是什么时间？”我从一旁
向显然不在场的时间询问。

闹钟早已失去责任能力，
活得随心所欲，我本该
置之不理，它却以荒唐的
铃声，损伤我的心智。

突然复活了破旧的电话——
声音联合体的竞争对手。
这件震惊想象力的物体
要我相信：现在是零点整。

电话守护着不变的零点，
从此不再担心自我重复。
理性本身即是隐士和监牢，
它暗示，领导者不是我。

它嘟哝说，这个和那个半球
将它扭曲，使它备感压抑，
但它会凭借应有的勤勉
战胜头脑的双重牢狱。

说自己患有幽闭恐惧症
已经很久，说我缺乏同情：
穿堂风把有害的热流灌入
它耳道，我也不管不顾。

我欣赏叛逆者的性情——
愿他带上兔皮袄，就此离去，
而他为之展现才智的女性
应该有点儿傻气才对[1]。

我的局外人式的理智
飘忽不定，无拘无束。
奇迹般地，我找到一截蜡烛，
准备读一读西默农[2]。

---

1 “应该有点儿傻气”，出自普希金给诗人维亚泽姆斯基的书信：“你写给臆想中的美人儿（哦，请原谅，是幸运儿）的诗过于聪明。恕我直言，诗应该有点儿傻气才对，评论应该尖刻。”

2 即乔治·西默农（1903—1989），比利时法语作家，创作了以梅格雷探长为主人公的系列心理侦探小说。

现在我是什么？是他的虚构，
所以我不能任意地杜撰。
有什么比额头上未受伤的
皱纹更令人欣慰和新奇？

而我也审视自身，像审视
幽深的井，直到眼睛疲惫，
一个怪物——被虚妄激情
摧折的大脑，从井里跟我对视。

顺便问问，揭露霉变的他怎么了
（猫向话语的热流竖起毛发）？
哦，是这样：他在诊疗所
想象自己是垮掉的尼任斯基[1]。

1 1919年，尼任斯基被诊断患有精神分裂症，曾接受专业性治疗，但未痊愈，后在精神病院和收容所终了余生。

他嘲笑那种试图唤醒他的
恼人要求：什么都吓不倒
能够变成一朵玫瑰的人[1]，
哪怕茎秆折断，血流不止。

新生芽苗的怯懦微不足道，
别拿它们的笨拙同他较量。
他接受玫瑰的形象是为了她，
愿她没有梦，睡在旧圈椅里。

我开始习惯他的变化无常，
连他的呓语也相当真实，
受难植物的幽灵可亲可爱，
在这里它永远不会被伤害。

---

1 尼任斯基曾在小型舞蹈剧《玫瑰幽灵》中饰演玫瑰，与他搭档的是俄罗斯芭蕾舞演员塔玛拉·普拉东诺夫娜·卡尔萨文娜（1885—1978），后者被誉为“当代最出色的艺术家”。

是的，他从火光跌入烈焰。
我离开自己，他离开我，
可又在哪里？捕捉他的狂想
成为我在黑暗中的事业。

譬如这些：……首演在即。
日出的退场——悲恸的开局。
死去的玫瑰开口说起天空，
说天空是烟囱和司炉工的作品。
灵魂甘愿向上升起就熄灭。
但有人会猎取翅膀的扑扇，
打碎胸花扣眼中钻石的邪眼。
“身着睡袍，脚蹬拖鞋，你是
何许人？这是勺子和盘子。
铃铛的钝响——招呼吃早餐。”
“早餐——是明早吗？抵达早晨
所必需的忍耐从何而来？”

当铃声将病人从梦里惊醒，
以便用吞咽或哈欠来打断
他们的口角和怒气的蒸腾，
卡尔萨文娜[1]向他垂下羽毛。
她未能实现掩饰泪水的壮举。
一如既往，她称呼他：瓦察……
谁也没见过他激动的样子。
他声称，与她素不相识。

他还说，透过肿块上的双筒望远镜
单筒望远镜和长柄眼镜抛撒珠子
有什么用。肌肉全能全速的
动作在平坦腹部拧成一团。
如何舒展卵黄中弯曲的
胚胎无法兑现的过剩力量。
收腹的腾跳超越自己：
云的寒意留在脸颊。

1　即塔玛拉·普拉东诺夫娜·卡尔萨文娜。

头脑获胜：使行为接近于
平凡人间不存在的界线。
然后好奇的透镜怎么办？
足尖的舞步没有观众。

他厌倦了独白，小睡片刻。
他像玫瑰一样感觉不自在。
不，他不知道自己不再年轻。
他太年轻，只是时光漫长。

他是幻影，始终无从知晓
灵魂是如何煎熬。他问道：
“可卡尔萨文娜到底在哪儿？”
大家告诉他，她已经离去。

这时，我身上的毯子被扯下。
毛毯发亮，严重干扰睡眠。

女管理员[1]阿拉，此处所有
生灵的主人和姐妹来找我。

阿拉说："您睡得很难受吧。"
我有些慌乱：我们几个睡啊睡。
"我们人多吗？" 我不安地问。
"多得很：您和一只粉爪猫。"

说话间，阿拉已把茶杯斟满。
猫在想：是否应该离开沙发。
很早以前我就疑心猫的某些
匪夷所思、诡谲莫测的行为。

猫咪瓦西卡是个重要角色。
谁都不了解它心中的想法。

---

1 在俄语中，"女管理员"（在医疗部门、幼儿园、食堂等场所管理被服、用具、饮食之类）是合成词，由"姐妹"（сестра）和"女主人"（хозяйка）两部分构成。

这只令我格外崇敬的猫，
向来对人严厉，对老鼠宽容。

“请问，阿拉，今天星期几？
有没有未命名的日子？”
她笑了：“您该不会疯了吧？”
“不觉得。”我回答道。

“难道真的有过一场大雾
笼罩了我们周围所有地方，
还有从天而降的罕见暴雪，
将众人蒙骗，引入歧途？”

“并不是。天气稍微起雾，
像是有降雪，却没有发生。
现在暖和了。学校里孩子们
放了学，要展开雪橇行军。

我也要去。您不会是病了吧？
您和瓦西卡别在这待太久。
也别离家太远。但时间到了：
又在招呼吃早餐。”

然而，有件怪事可不简单：
在我面前，在桌子边缘，
一朵燃烧的滚烫的玫瑰
哀痛地站在玻璃的绿色中。

我走出房间。红润的看院人
抖落铲子上的雪，阴沉地说：
“暴风雪和雾都没有错。
是天气预报冤枉了它们。”

一条狗为了取乐扑向猫。
看院人介入进来：“嘘，
你这细腿儿！”无辜的空间
在眼里凝成结实的泪珠。

睫毛之间是未融化的雪花，
周围的人笑着，走来走去。
我在想：尼任斯基有多悲伤，
多悲伤，多可怕的悲伤。

1997年2月

《少女和桃》[1]

花园闪耀，少女奔跑，
六月的新居依然光鲜。
她快乐，她的使命是生活，
爱众人，为众人所爱。

家人、朋友、忧郁的学子
向窗外张望的保姆，
炎炎正午和雾蒙蒙的峡谷，
全都爱她，胜过爱任何人。

她嚷嚷道："安东，我不要
桃子，也不想坐在桌旁！"

---

1 俄罗斯画家瓦连京·亚历山德罗维奇·谢罗夫（1865—1911）于 1887 年创作的名画。

画家板着脸说，创作就像
农民的劳动，一天都不能停。

可他自己迷恋跳马游戏，
放风筝时，也笑得开心。
花园、客厅、阁楼——到处
是他奋笔作画的工作室！

少女觉得好笑：郁闷的男孩
默不作声，动不动吃醋。
雷诺阿早已轰动莫斯科，
谢罗夫迷倒阿勃拉姆采沃[1]。

---

1 位于俄罗斯莫斯科州谢尔吉耶夫镇的庄园，1843—1870 年间为阿克萨科夫家族所拥有，成为俄罗斯艺术生活中心之一。1870 年商人和慈善家萨瓦·伊万诺维奇·马蒙托夫购得此庄园，吸引了列宾、谢罗夫、弗鲁别利等一大批杰出画家前来度假和工作。

他叫瓦连京，但拒绝教名，
从任性的童年便改称安东。
燃起烟花，女孩匆匆上楼：
脱下粉的，穿上白的。

而蓝色蝴蝶结，她宁可扔掉
也不愿接受，第二天早晨
他厌烦了，幸亏女孩善良：
一遍又一遍戴上蝴蝶结。

画家和少女崇拜的偶像：
金狮，威尼斯的首领。
列宾先生痛恨骄纵之风，
主张为劳作和荣耀而禁食。

可我喜欢，她与灵巧的
女帽商相遇在铁匠桥。
……她的岁月就要干涸。
无尽的正午是她的归宿。

丁香宛在，茉莉的芬芳
已然弥漫在凉亭周围。
认真的神情掩盖着顽皮，
不识忧烦，不知生死。

愿她留在摆放桃子的房间，
愿蝴蝶结是深蓝，上衣为粉色。
我心疼不能哭也不能笑的
马蒙托娃·薇拉奇卡[1]。

1999年3月4日

1 即薇拉·萨维齐娜·马蒙托娃（1875—1907），阿勃拉姆采沃庄园主马蒙托夫的女儿。《少女和桃》描绘的正是时年 11 岁的马蒙托娃。

说起他的名字……

给安德烈·比托夫[1]

比托夫，你在哪里？我该向谁
说起他……他的名字被我隐瞒，
他忍受着不和谐的韵律，
跟蠢货争论，厌恶歌功颂德。
他孤身一人。他爱德尔维格，
前些天，我在其他坟墓中间
见过后者的孤坟，距离那座
不远[2]……想起年轻孀妇的
面容，我把叹息化作祈祷。
有多少善妒的女人诋毁她！

---

1 安德烈·格奥尔基耶维奇·比托夫（1937—2018），作家，阿赫玛杜琳娜的朋友。

2 1832年诗人德尔维格死于斑疹伤寒，遗体埋葬在圣彼得堡沃尔科沃公墓；普希金的遗孀纳塔利娅·尼古拉耶夫娜·冈察洛娃去世后也葬在这里。

我和比托夫深知完美的柔情
和纯洁，以及维亚泽姆斯卡娅[1]的。
她是挚友，而非朋友兼配偶。
说什么名望和学问！
公爵夫人薇拉善于洞察，
赏识才华，也看透命运。
自始至终，普欣与他同在。
我说远了。流言为自己奔忙。
我简陋的院落不为他人
传播意想不到的友爱之音。

我压低声音：院落不简陋，
也不是我的，它热衷于
飞短流长。庭院里有长椅。

---

1 即薇拉·费奥多罗夫娜·维亚泽姆斯卡娅（1790—1886），俄国贵族。1824年，她在敖德萨与普希金相遇，双方很快建立了友好和信任的关系，这种关系持续到诗人生命的尽头。

你不能说它“形单影只”[1]。
花坛陪伴长椅，只有行人
过来坐坐。其他生病的人
躺在床上，就像我现在这样，
只为了避免护士的责骂。
我能走动，但不想动弹。
相比勤勉，我更爱欢娱。
像应当独自生活的帝王[2]，
我躺下，躲避虚空的劳碌。
但若谈及友情——是他
为之歌唱，而不愿内心
涌现别的狂喜。他不仅
眷恋这个词语——这种感情。
他多么炽热地爱过，
把朋友之死比作自己的，
他就是人世间光明磊落

---

1 此处借用普希金《“无论我漫步在喧嚣的街头”》一诗的意蕴：“每当我望见形单影只的橡树。”

2 此处套用普希金《致诗人》：“你是帝王，你要独自生活下去。”

无与伦比的那一个。

在他身后，我付出整个

青春，赞颂友谊的欢悦。

我在德尔维格的坟前——

浮想联翩。要对布拉特说什么？

八月最后的一天，迎来这样的

黎明，仿佛这是最后的八月。

缠绵的雨——

最忠实的朋友。

谁不孤独，谁就成不了诗人。

时钟飞速数算岁月。我的朋友，

你们是伟大的稚子。唯一不幸的是

我们每个人——我，还有比托夫，

都孤零零。哦，比托夫，你在哪里？

1999年8月31日深夜

2000年8月31日

黎明前

给鲍里斯·梅塞勒

夜是我的领地。它比塔鲁萨
非凡、绵长的冬日更强大。
白纸饱含着我的库奥卡拉，
呈显索尔塔瓦拉稠李的灵性。

莫斯科，我的家乡，我凄然
离去，离开琐碎生活的异域。
抛弃孩子，断绝友情，孤独地
修行——这便是诗的故土。

诗不涉足安逸，不明示或暗示，
就像众人，习惯于嘲讽骗术——
始终警惕地等候伊阿古，
比憨直的摩尔人更黑，更善妒。

诗的障碍无非是坑洼或土丘，
要有断崖：在深渊之上喟叹，
在荆棘路上留下皮肤的碎片。
诗歌之路如银河般荒凉和凌乱。

无论我与亲爱的丈夫相拥，
还是为孩子们装饰圣诞树——
严寒都冷眼俯瞰，它拥有
全权，预定生死和救赎。

我，夜的头领和奴仆，可是
万一眼瞳干涸，额头破裂怎么办？
不幸的主人，四小时耗尽，
你从词语宝库的收获多贫寒。

我意识到，通宵壮举落了空。
万一珍藏化为乌有怎么办？
蜡烛似良友，伴随忘我的劳作——
烛火殒灭，升入永恒的苍天。

难挨的黎明前，我听到召唤
就进入你领土，四卷本的达里。
祖国语言全知全能的救主，
请宽恕我，给予我安慰……

1998年

哀恸的贡多拉

音乐高于言辞，但威尼斯的金狮，
请让我避开陌生的地形。我祈求
圣马可：愿窗外的光原谅我的一切。
原谅手掌，原谅焦灼的额头。

额头贴向手掌，从指缝里望见
哀恸的贡多拉。熬过三月，还须
面对四月，我保持警觉，做好准备。
夜搁浅在额头，夜的船夫变黑。

冬意的四月变成明亮的秋天。
最后的春日尽头会是什么景象？

或许这样才更安适，约瑟夫：
安息之岛[1]和永恒之水在近旁。

我思念的岛——就在不远处，
熟悉的地点，邻里敞开胸怀。
该如何拒绝玩笑，忘记内情？
从额头到四周，彻底亮起来。

黎明的秘密：它想悄悄变红，
令我仰望。桨手倦于划桨。
静谧的岛不知何为战争和暴行。
夜晚凭空消失。约瑟夫，请原谅。

2004年

1 指威尼斯潟湖岛屿上的圣米凯莱岛公墓，1996年1月约瑟夫·布罗茨基在美国去世，1997年6月移葬于此。

樱桃园

是否能描述……我无从落笔……
世界是光谱，充满纷争与敌意。
我的窗外，樱桃园繁花盛开——
七色的二月，最白的日子。
果园——晶莹、自在的时光。
合上眼帘，我从窗口见到什么？
白雪纷飞，声音比人的谬论动听。
这座樱桃园，不关心樱桃——
并非因为伐木工向它预言，
鲜花会绽放在狂野的荒漠。
背景醒目的思想和花序
结为同盟，注定难逃败局。
这是布宁的观念——只要愿意，
谁都能读到。我此时就在读。
樱桃园向观众显现越清晰，
就越是严格地保守秘密。

夜晚我读什么，读的是**谁**——

他是否被人理解，都无所谓。

密室敞开又关闭。还要多久

才能哀悼珍珠贝里隐藏的玄机？

樱桃园注视着我的窗。

海角的火焰灼烧窗台。

不知何人，意外地来到门口……

无论是谁，我都是猎物，他是猎手。

我心目中的樱桃园——

误入者还闻所未闻。

果园和塔甘罗格[1]怎样结合，

只有我窗外积雪的树知道。

我所思念的**那一位**——

面临人生惨痛的损失，

并未向我们道出秘密。但他

1 俄罗斯罗斯托夫州的城市，1860年契诃夫出生于此，一直生活到1879年。

对医生解释了诊断："我要死了。"[1]

达里医生[2]听到，"生命结束了。"

伟大——在死亡时也如此优雅。

进来的人伸出手，

说道："总算找到了。

生命结束了？是吗？"望着

诊断书，他没有太多伤感。

"不幸的是，这不是我说的。"

达里俯身，再次听到那句话。

2006年2月

---

1 这是契诃夫临终说的最后一句话，原文为德语："Ich sterbe"。

2 契诃夫1904年在德国治疗时的主治医生。

图书在版编目（CIP）数据

玫瑰的行为 ： 阿赫玛杜琳娜诗选 / （俄罗斯） 贝拉·阿赫玛杜琳娜著 ； 王嘎译. -- 南京 ： 译林出版社, 2025. 1. -- （俄耳甫斯诗译丛）. -- ISBN 978-7-5753-0315-6

Ⅰ. I512.2

中国国家版本馆 CIP 数据核字第 2024HA6464 号

玫瑰的行为：阿赫玛杜琳娜诗选 ［俄罗斯］ 贝拉·阿赫玛杜琳娜 / 著　王嘎 / 译

丛书主编　凌　越
责任编辑　张　睿
装帧设计　陆智昌
校　　对　戴小娥
责任印制　闻媛媛

出版发行　译林出版社
地　　址　南京市湖南路 1 号 A 楼
邮　　箱　yilin@yilin.com
网　　址　www.yilin.com
市场热线　025-86633278
排　　版　南京新华丰制版有限公司
印　　刷　南京爱德印刷有限公司
开　　本　850 毫米 ×1168 毫米　1/32
印　　张　18.75
插　　页　4
版　　次　2025 年 1 月第 1 版
印　　次　2025 年 1 月第 1 次印刷
书　　号　ISBN 978-7-5753-0315-6
定　　价　88.00 元